小動物系令嬢は
氷の王子に溺愛される6

翡翠

B's-LOG BUNKO
ビーズログ文庫

イラスト／亜尾あぐ

目次 contents

ウィリアム・ザヴァンニ
ザヴァンニ王国の第一王子。近衛騎士団の副団長を務めている。『氷の王子様』と呼ばれているが、リリアーナには激甘で……？
リリアーナ・ヴィリアーズ
花よりスイーツが好きな伯爵令嬢。地味に嫌なお祈りをする癖がある。
人物紹介 character

ダニエル
ウィリアムの幼なじみ兼補佐役。リリアーナからつけられたあだ名は『ダニマッチョ』。
ケヴィン
近衛騎士団一の問題児。別名、エロテロリスト。
モリー
リリアーナ付きの侍女。
アンジェラ
本当の名前はアン。妄想癖がある。
エイデン
リリアーナの弟。姉を溺愛中。
イアン
リリアーナの兄。妹を溺愛中。

第1章　ヴィリアーズ兄弟からの試練

　ザヴァン二王国の王太子であるウィリアムとヴィリアーズ伯爵家令嬢リリアーナの結婚を祝し、挙式の数日前にもかかわらず王都はとても賑わっていた。

　ウィリアムとリリアーナの婚約が決まったのが三年近く前のこと。

「これでいい」というとても失礼な一言で決まった婚約ではあったが、何やかんやと色々すれ違いながらも二人の気持ちが通じ合い、ついにここまできたのだ。

　一日目は前夜祭。二日目は大聖堂にて宗教婚、御成婚パレード、公式晩餐会が予定されている。

　前夜祭はヴィリアーズ伯爵邸で行われるため、リリアーナは前夜祭の三日前より王宮から久しぶりの実家へ戻っていた。


「本当～に、可愛いですわ～!!　殿下、ナイスチョイスですわ～!!」

　前夜祭用にウィリアムからリリアーナへ贈られたドレスを前に、姉妹同然に育った侍女のモリーがウットリとした視線を向けながら大はしゃぎしている。

リリアーナはソファーに腰掛け、膝の上にいるペットの『毛玉』を撫でながら、モリーベタ褒めのドレスへと視線を向けた。

平均より少し……いや、大分低めの身長と大きな瞳の可愛らしい顔立ちによって幼く見えるリリアーナのため、嫉妬渦巻く社交界で舐められることがないよう、これまでは綺麗めのドレスがソフィア王妃殿下やウィリアムから贈られていたのだけれど。

明日の前夜祭のためにヴィリアーズ邸へ届けられたドレスは、これまでのものとは全く系統が違い、とにかく『可愛い』で溢れていた。

白いエンパイアラインドレスの胸元にはレースの小花がたくさん散りばめられており、切り替え部分にはアクセントとなるスイートピンクのリボン、そしてふんわり優しく広がるチュールスカート。

付属のショート丈のファーボレロを合わせれば、また違った可愛らしさが楽しめる。

ドレスと共に添えられていたカードには、ほんの少し右上がり癖のあるウィリアムの字で『可愛いものが大好きなリリーへ』と書かれていた。

前夜祭は親戚と友人達のみの参加であるため、通常の社交パーティーのように『舐められないように』などの心配をする必要はない。

要らぬ心配をせずに可愛いドレスを着る最後のチャンスになるはずだと、そこまで考えてこのドレスを贈ってくれたであろうウィリアムの気持ちが、リリアーナはただただ嬉しかった。

「ウィル……」

自然と口角を上げてほんのりと温まる胸にそっと手を当てていると、扉をノックする音と共に、

「リリ、いるかい？」

というイアンの声が聞こえた。

「イアン兄様！　どうぞ」

リリアーナの返事の後にイアンがガチャリと扉を開けて、ご機嫌な様子で室内へ入ってくる。

「リリ、ビオのケーキを買ってきたんだ。エイデンも誘ってお茶にしないかい？」

「ビオのケーキ！　もちろんですわ」

リリアーナは満面の笑みを浮かべ、二つ返事で反応した。

ビオとは王室御用達のチョコレート専門店である。

つい最近、新作のスイーツが発売されたと耳にしたばかりだ。

「応接室に準備させるから、エイデンを誘ってきてくれるかい？」

「ええ、イアン兄様」

リリアーナは膝の上にいた毛玉を護衛兼侍女のアンリに任せるとスクッと立ち上がり、

弟のエイデンの部屋へと向かった。

エイデンを連れて応接室に入ると、すでにお茶の準備は整っていた。

ケーキスタンドの下段にはきゅうりのサンドイッチ、中段にはスコーン、上段には数種類のケーキが並んでおり、リリアーナのテンションはこれ以上ないほどに上がる。

「久しぶりのヴィリアーズ家のサンドイッチですわ。王宮でいただくものも美味しいのですが、このサンドイッチはホッとする味ですわね」

高級野菜であるきゅうりのサンドイッチは、アフタヌーンティーの定番とされている。

少しばかり食べにくいのが難点だが、今日ばかりは何だか胸にくるものがある。

次にこのホッとする味を堪能出来るのはいつになるか……。

そんな気持ちを押し込めて次はスコーンをフォークとナイフで皿に移し、手で横に割いてクリームをたっぷり乗せると、口の中へ。

「ああ、幸せですわ」

イアンとエイデンはニコニコとリリアーナの食べっぷりを見ながら優雅に紅茶を飲む。

そして上段のビオのケーキを口にすると、リリアーナは饒舌に語りだした。

「このチョコレートタルトは、サクサクとしたタルト生地の食感と濃厚なチョコレートが絶妙なバランスですわ」

　と言ったかと思えば、

「こちらのフォンダンショコラは中のトロッとしたクリーム状のチョコレートがとても滑らかね」

　と、別のケーキを食べてまた語る。

　あっという間にリリアーナの口内に消えていくケーキやチョコレート菓子達に、イアンとエイデンは揃って苦笑した。

「ん～、どれも美味しいですわ！」

　幸せそうな顔でそれらを頬張るリリアーナはとても可愛らしい。

　イアンとエイデンにとって、どれだけ見ていても飽きない可愛い妹（姉）との至福の時間。……とはいえ。

　買ってきておいて何だが、明日は前夜祭、その次の日には結婚式と晩餐会を控えている身で、あまり食べすぎるのはよろしくないのでは？　と今更ながらにイアンは思う。

「リリ、そろそろその辺でやめておこうか」

　やんわりと注意するイアンにリリアーナは全く気にすることなく、

「いえ、まだ新作のアーモンドブラウニーとオレンジのブラウニーを食べておりませんわ」

　まだまだ食べる気満々でいた。

「……」

イアンは小さな溜息を一つついて、諦めたように視線をリリアーナからエイデンへと向ける。

「エイデン、『例の準備』は出来ているのかい？」

エイデンはカップをソーサーに戻し、

「ええ、抜かりなく」

ニヤリと悪い笑みを浮かべる。

「そうか。明日が楽しみだな」

イアンも同じようにニヤリと笑って、サンドイッチを皿に移した。


時を同じくして王宮では――。

リリアーナの部屋の引っ越しとウィリアムの寝室の模様替えが、急ピッチで進められていた。

今までは婚約中とはいえ適度な距離が必要と、ウィリアムの部屋とは少しばかり離れた部屋で生活していたリリアーナだったが、晩餐会後には夫婦としての生活が始まるのだ。

これまでウィリアムは私室と寝室の二部屋を使用していたが、今後はその寝室がリリアーナの新しい部屋とも繋がる夫婦の主寝室として生まれ変わる。

まずは淡いピンクの壁紙が貼られたリリアーナの部屋に、可愛らしい猫脚の家具などが次々と運び込まれていく。

リリアーナのために新しい家具を手配しようとしていたウィリアムであったが、

『今まで使用していたものがいいですわ。使い慣れておりますし、何より可愛らしくてとても気に入ってますのよ』

ということで、そのまま使い続けることにした。

そのため新調した家具は、主寝室用の天蓋付きの大きなベッドのみである。

主寝室の壁紙とカーテンの色は目に優しいグリーンにしようと二人で決めたが、細かい点は女官長にお任せしているので、どういったものになるかはまだ分からない。

使用人達が慌ただしく動く中、ウィリアムは邪魔にならぬよう少し離れたところから感慨深くそれらを見守っていた。

「おいおい、随分と締まりのない顔になってるぞ」

書類を抱えてやってきたダニエルは、ウィリアムの隣に立つと呆れたような面持ちでそう言った。

「ダニーか。何とでも言うがいい。今なら何を言われても許せる自信があるからな」

ご機嫌に返すウィリアムに、ダニエルはこれまでのことを想起してフッと笑う。

「そうだな。待ちに待った結婚式まであと二日だもんな」

「ああ。本当に長かった……」

思わず遠い目をするウィリアムの肩をポンと叩いて、

「ウィル、挙式三日後からの新婚旅行までにやっておかなきゃならん仕事が溜まっているんだが」

ダニエルは抱えた書類をズイッと前に出して見せた。

ウィリアムは苦虫を噛み潰したような顔をした後盛大な溜息を一つつくと、仕方ないといった風にダニエルを連れて執務室へと足を向ける。

「この仕事を終えたらリリーとの新婚旅行を満喫出来ると思えば、これくらいなんてことはない」

自身に言い聞かせながら、ウィリアムは来たるその日のために一心不乱に仕事を頑張るのであった。

――前夜祭当日。
雲一つない青空の下、ヴィリアーズ邸には招待客が次々と訪れ、とても賑やかである。
『前夜祭』と謳ってはいるが、夜でなければいけないという決まりはない。

今回のように、昼間にガーデンパーティーを行う者も多いのだ。

翌日の挙式に響かないようにという配慮なのだろう。

イアンとエイデンによってリリアーナの好みに寄せられたヴィリアーズ邸の庭園は、今日のためにいつも以上に丁寧に刈り込まれた青々とした芝生と生垣に、咲き誇る色とりどりの小花がとても良く映えている。

リリアーナにとって王宮の奥庭と同じくらいに、この庭園も大好きな場所だ。

フワリと心地よい風が庭園を撫でるように抜け、リリアーナのドレスを揺らす。

「リリー、そのドレス、思った通りとても良く似合っているな。まるで絵本の中の雪うさぎか妖精のように可愛らしい」

蕩けるような甘い視線を向けるウィリアムの口からこれまた甘い台詞が飛び出したことで、リリアーナは恥ずかしそうに視線を逸らしながらお礼の言葉を述べた。

「あ、ありがとうございます。いくら何でも言いすぎな気がしますが、こんなに可愛いドレスを贈ってくださり、とても嬉しいですわ」

「別に言いすぎではないと思うが、リリーに喜んでもらえて何よりだ」

そっとリリアーナの頰を撫でながら柔らかな笑みを浮かべるウィリアム。

いつも以上に甘い雰囲気を醸し出され、嬉しい気持ちと恥ずかしい気持ちがぐるぐると混ざり、リリアーナはどうしていいのか分からずに困ったように眉をハの字に下げた。

そんな姿にウィリアムは笑みを深め、少し屈んでリリアーナの耳元へ顔を寄せ囁く。

「こんなに可愛らしいリリーの姿を皆に見せるのはもったいないから、このまま前夜祭など放っておいて二人だけでどこかへ行ってしまおうか？」

「い、いきなり何を仰いますの⁉　そんなこと、出来るわけがありませんわ！」

顔を真っ赤にして言うリリアーナにウィリアムは、

「なんだ、残念」

とクックッと笑って、頬を撫でていた手を下ろしてリリアーナの手をキュッと握ると、庭園の中央に向かってゆっくりと歩きだした。

招待客のほとんどがすでに会場である庭園に集まっており、楽しそうにあちらこちらでいくつもの輪を作り歓談している。

ウィリアムとリリアーナが姿を現すと、二人の周りを囲むように皆が挨拶に寄ってきた。

とはいえウィリアムの親戚、所謂王族は自分達がいては他の参加者がゆったりと楽しめないだろうと、参加を辞退している。

前夜祭に招待されたのは、親戚と友人やお世話になっている人達ばかり。

そんなわけでヴィリアーズ家の親戚とリリアーナとウィリアムの友人、そしてウィリアムの部下である（非番の）近衛騎士と、貧しい子ども達が学べる場である『子ども達の家』の講師や王宮医師など、普段お世話になっている者達が二人を祝いに来てくれたのだ。

「ウィリアム王太子殿下、リリアーナ嬢、おめでとうございます。心から祝福申し上げます」

「ありがとうございます」

次々とお祝いの言葉を頂き、お礼の言葉を返していく。

——一体どれくらい挨拶をしただろうか？　もう一生分した気がすると、いい加減疲れが見えだしてきた頃。ダニエルを含めた非番の近衛騎士達がやってきた。

祝福の言葉を贈られたウィリアムがご機嫌に「ありがとう」と返すと、彼らは一斉にニヤニヤという言葉がピタリと当てはまるような笑顔になり、それまでとは違った気安い雰囲気へと変わる。

「今だから言いますけど。ヴィリアーズ伯爵令嬢と婚約されるまでは、副団長は結婚しないか、しても契約結婚なんじゃないかって心配してたんですよね～」

一人の騎士がしみじみとそう言えば、他の騎士達もうんうんと頷く。

「女性には興味がないんじゃないかって噂もあったよな」

ダニエルがニヤニヤしながら言えば、すぐさましっぺ返しがきた。

「それさ、一部の令嬢達の間では『副団長とダニエルは好い仲』なのではとの話もあったらしいぞ」

「げっ！　俺は男に興味はねぇ‼」

必死の形相で否定するダニエルにウィリアムも同意した。

「私だってない」

（リリアーナ以外の）女性には興味がないというのは事実ではあるが、まさかダニエルとの仲を噂されるなど。ウィリアムのこめかみがピクピクと動いている。

じゃれ合うウィリアムと騎士団の面々にクスリと小さな笑みを零し、リリアーナは庭園をゆっくりと見渡した。

いつだったか『幸せとは気の合う他人との時間の共有』だと耳にしたことを、ふと思い出す。

大好きなこの場所で、大好きな人達に囲まれている今、リリアーナにとってまさに幸福な時間と言えるかもしれない。

「リリアーナ嬢」

名を呼ばれて振り返れば、そこには懐かしい人が立っていた。

「まぁ、クリス様！　本物ですの⁉」

驚きに大きな目を更に見開いたリリアーナに、クリスはあどけない笑顔で答える。

「本物だよ。相変わらずだな、リリアーナ嬢は」

「まあ、そんな風に言われましても、まさかクリス様がお見えになるなんて思わないではないですか」

リリアーナは拗ねたように、むぅと頬を膨らませた。

馬車で二十日ほどの距離にある東国より、ザヴァンニ王国の学園に数カ月の間留学していたクリス・イェルタン侯爵子息。

長男が少しばかりやらかしたために廃嫡され、急遽次男のクリスが次期当主となり、予定よりも随分と早い帰国となったのだ。

時々手紙のやり取りはしていたものの、まさか自分の結婚式のためにそれだけの時間を掛けて来てくれるとは、リリアーナは思ってもみなかった。

「どうせなら皆を驚かせようと思って、ウィリアム殿下に手紙を送ってみたんだ。そしたらリリアーナ嬢に内緒で招待状を送ってくださってね。それで……」

言いかけて振り返るクリスの背後から、少しばかり気の強そうな美しい令嬢が姿を現す。

「もしかして……」

照れたように笑うクリスに、リリアーナは満面の笑みを浮かべた。

「まあ、クリス様。早く、早く紹介してくださいませ！」

前のめりで迫ってくるリリアーナに、クリスは若干引き気味に紹介した。

「あ、ああ。彼女が私の自慢の婚約者、カナリアだ」

クリスの言葉に女性は少し恥ずかしげに頬を朱く染めて、挨拶の言葉を述べる。

「カナリア・バーシーと申します。クリス様から留学先で得がたい友人達が出来たと伺い、ずっとお会いしたいと思っておりました。ようやくお目にかかれて、とても嬉しいですわ」

「私もお会い出来て嬉しいですわ！　クリス様から届く細かい文字がビッシリと並ぶお手紙のほとんどが、ご婚約者様との惚気話でしたのよ」

クスクスと笑うリリアーナに、カナリアは「まぁ！」と羞恥に顔だけでなく首や耳まで朱くし、キッとクリスを睨み付けた。

「な、何だよ」

なぜ睨まれているのか分からないクリスが、助けを求めてリリアーナへ視線を向ける。

その残念なところは相変わらずだなと思っていると、エリザベスがクロエとイザベラを連れてやってきた。

「リリ、おめでとう……って、え？　クリス様⁉」

先ほどのリリアーナと同様に、エリザベスとクロエが驚きに目を丸くする。

「やあ、久しぶりだね」

「うわぁ、本当にクリス様だ！」

「クリス様、お久しぶりです」

一年と数カ月ぶりの再会に喜びの声を上げる三人。

リリアーナは初対面となるイザベラとカナリアに皆を紹介するべく声を掛けた。

「クリス様とベラ様は、直接お話しされたことはございませんわね？　彼は以前、数カ月ほど東国からこちらの学園に留学されていたクリス様で、お隣の方はクリス様のご婚約者のカナリア様ですわ」

イザベラは納得したという顔をした後、クリスとカナリアに向けて笑顔で挨拶の言葉を述べる。

「お噂を耳にしたことはありましたが、直接お会いするのは初めてですわね。イザベラ・クラリスと申します」

「どんな噂なのか聞くのが恐ろしいな。クリス・イェルタンです。こちらは俺の婚約者の……」

と、皆で挨拶をし合った。

全員の自己紹介が終わると、早速エリザベスがクリスに質問した。

「クリス様達はいつまでこっちにいられるの？」

「ん？　こちらには十日間の滞在を予定しているんだ。さすがに簡単に来られる距離ではないから、リリアーナ嬢の結婚式をしっかりとこの目で見て、その後はカナリアとゆっくり王都観光を楽しもうと思ってね」

「そうなんだ。王都観光、カナリア様も楽しんでくださいね」

「ありがとうございます」

「私は領に戻るのがひと月後だから、帰国する時には見送りに行くわ」

エリザベスに続いてクロエも、

「私はずっとこちらにおりますので、お見送りさせて頂きますわ」

と、ふんわりと笑みを浮かべた。

「私は挙式の三日後から二十日ほど新婚旅行に出てしまいますから、お別れの挨拶は明日の晩餐会でということになりますわ。もっとゆっくり皆様とお茶会でも出来たら良かったのですが……」

リリアーナが残念そうに言うと、エリザベスが肩をポンと叩く。

「でもまあ、本来なら会えないと思っていたクリス様とこうやってまた会えたんだし、ね」

「……そうですわね。お会い出来て良かったですわ。クリス様の大切な方にお会いすることも出来ましたもの」

「……皆には色々と心配を掛けてしまったからさ。手紙だけじゃなくて、ちゃんと俺の大切な婚約者を紹介したかったんだ。今日こうやって紹介出来て、本当に良かったよ」

少しばかり頼りないけれど憎めないタイプのクリスに、今度は普通の婚約者が出来たことに安堵するリリアーナ達。

ふと、イアンとエイデンが庭園の中央へ歩きだし、使用人達が忙しく動いていることに気付く。

「兄様？」

リリアーナが小首を傾げて見ていると、イアンは大きな声で注目を集めるように話しだした。

「皆様、本日は私の可愛い妹であるリリアーナとウィリアム王太子殿下のお祝いの席にお集まり頂き、誠にありがとうございます。突然ではございますが、皆様は『スピリチュアル』という言葉をご存じでしょうか？」

一度そこで言葉を切ると、イアンは前夜祭に参加している面々に視線を這わせる。

初めて耳にするのだろう不思議そうな顔をしている者と、知っているという者の二通りの反応が見て取れた。

皆の注目がこちらに正しく向いていることに満足そうに頷いて、イアンは続ける。

「スピリチュアルの世界では運命の人のことを『ツインソウル』と呼び、結ばれるまでにはいくつかの試練を乗り越える必要があると言われているそうです。本日の余興の一つとしまして、ウィリアム殿下には三つの試練を準備させて頂きました。ここにお集まりの皆様には立会人として、試練を乗り越えていく様を見守って頂きたいと思います」

そう言ってイアンとエイデンはウィリアムに視線を向けると、ニヤリと笑った。

ウィリアムは何やらとんでもなく嫌な予感がした。

当然ながら、ウィリアムもリリアーナもこんな余興が用意されているだなんて聞いていない。

「ツインソウルは結婚前に執着心や嫉妬心などのマイナスの感情が強まると言われています。ですので、ウィリアム殿下にはリリアーナがそのような感情に悩まされずに済むよう、リリアーナの好きなところを十個挙げて頂きます」

「「なっ！」」

ウィリアムとリリアーナの声が重なる。

「イアン兄様！　一体何を……」

慌ててイアンとエイデンの元に淑女の全速力で向かったリリアーナに、エイデンが「まあまあ」と落ち着かせるように頭を撫でた。

そして耳元に顔を近付けると、

「殿下には大切な大切な姉様を託すんだ。姉様のためでもあるけど、どちらかと言えば僕達が殿下の姉様に対する想いが本物かどうか、確認するためのものだから」

そう囁いて楽しそうに笑みを深めた。

「ですが……」

エイデンの言うことも分かるが、こんな大勢の前でせずとも後でゆっくりウィリアムに訊ねればいいのでは？　とリリアーナが反論しようとした時。

「……分かった。十個でいいのだな？」

ウィリアムがイアン達に真剣な眼差しを向けて確認してきたのだ。

「ウィル⁉」

正気ですか？　と喉まで出かけた言葉を何とか呑み込む。

イアンとエイデンは黒い笑みを浮かべた。

「それでこそ殿下です。ええ、まずは十個で大丈夫ですよ」

まずはということは、その後に追加でもするつもりなのだろうかと、リリアーナは慌ててウィリアムを止めようとしたのだが……。

ウィリアムはリリアーナの前でおもむろに胸に手を当てて跪く。

その姿に令嬢達は瞳をキラキラとさせ、そしてご婦人達は微笑ましげな目を向けている。

男性陣はそんな女性達を苦笑しつつ見守っていた。

「では、一つ目からお願いします」

イアンの声に、ウィリアムが頷いてから答えた。

「裏表がなく一生懸命なところ」

「二つ目」

「負けず嫌いなところ」

「三つ目」

「私を王族でなく、ただのウィリアムとして見てくれるところ」

「四つ目」

「しなやかで、けれども強い心を持っているところ」

「五つ目」

「まるで自分のことのように一緒に怒ったり悲しんだりしてくれるところ」

「六つ目」

「恥ずかしがり屋なところ」

「七つ目」

「少しズレているところ」

「八つ目」

「『鼻毛三倍速』などの地味に嫌な祈りを口にするところ」

……何やら怪しげな内容になってきたと、周囲が少々ザワついてくる。

「九つ目」

「甘いものや美味しいものに目がないこと」

「ラスト十個目」

「何より食べている姿が可愛い！」

これにはイアンとエイデンが力強く頷いた。

　ウィリアムはリリアーナの手を取り、そのまま甲へ口付けると、

「リリーの好きなところの十個くらい、考えずとも出てくるからな」

　そう言って立ち上がり、清々しい笑顔を見せる。

　後半に若干怪しげなものも含まれていたが、ウィリアムの素直で正直な気持ちにリリアーナは何ともむず痒いようなくすぐったい気持ちになりつつも、周囲の招待客達の生暖かいものを見る目に気付いて頬を朱に染めた。

　ウィリアムとリリアーナの醸し出す甘ったるい雰囲気を一刀両断するように、目の奥が全く笑っていない笑顔でイアンが告げた。

「お寛ぎのところ申し訳ありませんが、殿下。これで終わりではありませんよ？」

「まだありますの？」

　思わずリリアーナがツッコミを入れてしまう。

　イアンはわざとらしく「やれやれ」と困った風に呟くと、

「二人への試練は三つ準備しておりましたが、ただ今可愛い妹からのクレームが入りましたので、これで最後の試練と致しましょう」

と、色々な物が置かれている一つのテーブルを指した。

「あちらに様々な小道具を用意しております。殿下にはこの中から一点を選び、リリアーナへの公開プロポーズをして頂きます」

イアンの言葉に親族達は『王太子殿下に対してここまでやってもいいものなのだろうか？』と困惑の表情を浮かべ、女性達は楽しそうに黄色い声を上げ、騎士達はウィリアムがどの小物を選ぶのかで大いに盛り上がっている。

内々で行う前夜祭でなければ、このようにはしゃぐことは出来なかっただろう。

ウィリアムとてまさかヴィリアーズ兄弟がこういった試練を課してくるとは思ってもみなかったが、妹（姉）命な彼らがこれでリリアーナを託してくれるというのならば、喜んで受け入れるというもの。

ウィリアムはテーブルに近づくとしばらく小道具を見つめていたが、花束の中からマーガレットの花を一本だけ引き抜いて、リリアーナの元へ歩を進めた。

なぜ一本だけ？　といった声があちらこちらで聞こえる中、クリスの婚約者であるカナリアが、

「マーガレットの花言葉は『真実の愛』ですわ。愛する人は一人で十分ですもの。ならば一本が正解ではなくて？」

そう問い掛けると特に女性達から「なんてロマンチックなの！」や「素敵だわ！」などと肯定的な言葉が返ってくる。

そしてこれから行われる公開プロポーズで、ウィリアムがどんな言葉をリリアーナに捧げるのか。ドキドキワクワクしながら一言一句聞き逃さぬよう、女性達は男性達に「黙っ

て見ておけ」と言わんばかりに無言の圧を送り、静かに見守り始めた。

ウィリアムはリリアーナの前まで来ると先ほどと同じように跪いて、

「未来永劫、リリアーナを愛すると誓う。約束の証として毎年必ず欠かすことなく、この花と共に私の心を捧げよう。受け取ってくれないか？」

そう言って一本のマーガレットを差し出した。

リリアーナはスッと手を伸ばし、マーガレットを受け取る。

ウィリアムからは常に変わらぬ愛情を向けられ、リリアーナを大切に想ってくれているのは理解しているけれど、やはりこうして言葉にして伝えられるのは嬉しい。

感動で思わず声が震える。

「……はい。ウィリアム様から頂くマーガレットの花を、毎年楽しみにお待ちしています」

見守っていた女性達の声なき歓喜の声があちらこちらで上がり、親族や男性達からも大きな拍手が送られた。

無事全ての試練をクリアしてリリアーナの手を取るウィリアムに、ここにいる皆から再び祝福の言葉が贈られたのだった。

空が朱に染まる頃に前夜祭はお開きとなり、最後のお客様に挨拶を終えたウィリアムと

リリアーナは、顔を見合わせて幸せそうに微笑み合う。

「リリ」

呼ばれて振り返ると、イアンとエイデンがこちらに向かってくる姿が見えた。

リリアーナは屈託(くったく)のない笑みを浮かべ、テテテ……と二人の元へ駆(か)けだした。

「兄様、エイデン！　今日はありがとうございました。これだけの準備を整えるのは大変でしたでしょう？」

「いや、可愛いリリのためだからね。これくらいのことは何でもないさ」

「そうだよ、姉様のためならどんな苦労でも楽しめる自信があるからね」

そう言ってリリアーナの頭を嬉しそうに撫でる二人。

リリアーナに続いてやってきたウィリアムがお礼の言葉を述べようと息を吸い込んだタイミングで、イアンはそちらに視線を向けて顔から笑みを消すと、真剣な顔で語りだした。

「リリは私達兄弟にとって大切な妹であり、姉でもあります。以前お伝えした通り、それこそ目に入れても痛くないほどに」

ウィリアムは突然の発言に驚きつつも分かっているというように静かに頷く。

それを見ながらイアンは更に続ける。

「『王太子の婚約者』から『王太子妃(ひ)』となるリリの責任は、これまで以上に重いものとなるでしょう。我(わ)が家(や)は名門とはいえ伯爵家。王太子妃の後ろ盾(うしろだて)として、十分な力があるわけではありません。一見頼りなく見える妹ですが、負けず嫌いで努力家なリリは全力で殿下を支えようとするでしょう。そんなリリが数々の重圧に負けぬよう、何者からも潰されぬよう、守る覚悟をお持ちなのかどうか。……今回の試練は失礼を承知で、それを試させて頂きました」

ウィリアムはそういうことかと納得したように、無意識で小さく何度も頷いていた。

リリアーナを溺愛するイアンとエイデンにとって、ウィリアムは自分達から大切な妹(姉)を奪いに来た敵である。

これまでに何度も目の前に立ちはだかる彼らに、ウィリアムはその度にやきもきさせられてきた。

だがリリアーナにとっても彼らは大切な家族なのだ。

その彼らに認めてもらわなければ、リリアーナを幸せになどとは口が裂けても言えないだろう。

「それで、私は認めてもらえたのだろうか？」

少しばかり緊張気味にウィリアムが訊ねると、

「此度のご無礼の数々、お許しください。リリを、よろしくお願いします」

そう言って、イアンとエイデンはウィリアムに向けて深く頭を下げた。

リリアーナはどうしたものかと困ったような顔でウィリアムの裾をツンと引いており、

その可愛らしい姿にウィリアムは目尻を下げつつ、イアン達に認めてもらえたことに心の中でホッと胸を撫で下ろした。

「そなた達の大切な妹を、姉を、全力で守り大切にすると誓おう。私達はこれから家族となるのだから、頭を上げてくれ」

イアンとエイデンは頭を上げ、これからよろしくとばかりに男三人で握手を交わす。

その様子をリリアーナが感動で涙ぐみながら見ていたが、実は彼らが笑顔の下で、

「とはいえリリを泣かしたらすぐに連れて帰りますからね」

「泣かなければ実家に帰れないならば、一生実家に行くことはないな」

などと小声でけん制し合っていたことは、男三人の秘密である。

「それにしても、まさかあれだけの客の前で言わされるとは思ってもみなかったな」
ウィリアムは先ほどのヴィリアーズ兄弟より与えられた試練を思い出して、フッと可笑しそうに笑った。
二人は今、ヴィリアーズ邸の応接室にて束の間の休息を取っていた。
もちろん、ウィリアムはしっかりとリリアーナの隣に腰掛けている。

「イアン兄様とエイデンが申し訳ありません」

眉をハの字に下げて、謝罪の言葉を口にするリリアーナ。

「いや、驚きはしたが、不快なわけではないから謝らないでほしい。むしろイアン殿達には素晴らしい前夜祭を取り仕切ってもらい、感謝している」

「ええ、イアン兄様とエイデンと兄様の婚約者のマーリ様が中心となって、今日の日を張り切って準備してくれましたの。感謝してもしきれませんわ」

「そうだな。感謝の気持ちはこれから二人で返していくとしよう」

ウィリアムがそっとリリアーナの頬を撫でる。

「ええ、二人で返していきましょう。……それで、ウィルから頂いたマーガレットですが……。その、どうしてウィルはあの中からブーケではなく、マーガレットを一本だけ選ばれましたの？」

リリアーナは少し上にあるウィリアムの顔をチラチラと見上げながら、思い切って質問してみた。

あの時カナリアがマーガレットの花言葉は『真実の愛』だと言っていたが、リリアーナにはウィリアムが花言葉を知っているとはどうにも思えなかったのだ。

それにイアン達が準備していた『試練』のことは、リリアーナにもウィリアムにも秘密にされており、花束の中にマーガレットの花があることなど知る由もなく、花言葉を事前に調べることは出来なかった。

何か別の意味があったのか、それとも——。

「少し前にな、ダニーから相談を受けたんだ」

「ダニマッチョが相談、ですか？」

リリアーナは不思議そうに小首を傾げる。ダニエルとマーガレットに、一体どんな関係があるというのか。

「ああ。クロエ嬢との結婚式の日取りを決めたい、とね」

「まあ！　良かったですわ。プロポーズはされておりましたけれど、いまだ日取りが決まらないことをクーは不安がっておりましたから。それで？　いつに決まりましたの？」

ぐいぐいくるリリアーナに驚きながらも、ウィリアムは近くにあるリリアーナの額に吸い込まれるように口付ける。

「ひゃっ⁉」

額に両手を当てて、ものすごい勢いでソファーのギリギリ端っこまで後ずさるリリアーナ。

膝に乗せたり額や頬などに口付けたり、お菓子を『あ～ん』したり。

そういったスキンシップは頻繁に行っているのに、いつまでも初心な反応を見せてくれるのがウィリアムには楽しくてしょうがないようで、口角がこれでもかと上がっている。

離れた分を詰めるようにウィリアムがリリアーナの方へ移動すると、リリアーナは視線を泳がせた。

「そそそ、それで、日取りはいつに決まりましたのっ⁉」

あまりいじめると拗ねて口をきいてもらえなくなるかもしれないと思ったのか、ウィリアムはリリアーナの頭をポンポンするだけに留めて質問に答える。

「社交が少し落ち着く七月頃にしたいそうだ。私達が新婚旅行に出掛けてから、ゴードン邸に許可をもらいに行くつもりのようだね」

「では、その時にクーにも伝えるわけですね」

「ああ。本人よりも周りが先に知っているのは面白く思わないだろうから、このことは内密に」

「もちろんですわ！　ああ、本当に良かった。……あの、その話とマーガレットの花と、何の関係がありますの？」

クロエのことはもちろん嬉しいが、何だか誤魔化されたように感じてリリアーナはウィリアムにジト目を向けた。

そんなリリアーナの様子にウィリアムは慌てて説明を始める。

「いや、関係はあるんだ。ダニーがゴードン邸に行く時に、クロエ嬢に花を贈りたいと言ってね。それでどうせ持っていくならば、『愛しています』なんて花言葉の花を贈ったらいいのではとケヴィンの奴が言い出して」

「あら、その場にケヴィンもおりましたの？」

「ケヴィンは途中から入ってきた。奴には前から色々と世話になっていることもあるし、その手のことには詳しいからな」

「それでウィルはマッチョと一緒に花言葉を調べられたのですか？」

「ああ。使えそうなものを調べてみて、その中からダニーは『あなたを愛しています』という意味を持つ赤い薔薇の花束を持っていくことに決めたらしい。それで、調べている時に印象に残ったのが『熱愛』のひまわりと『真実の愛』のマーガレット。それとは別に、花は贈る本数によって意味が変わることを知ったんだ。一本は『あなたが運命の人』、三本は『愛しています』、六本は『あなたに夢中です』というようにな」

ウィリアムは蕩けるような笑みを浮かべてリリアーナを見つめた。

リリアーナはそんなウィリアムから目を離せない。

「あの時、数あるものの中から一点だけ選べと言われて花束に目がいった。花束の中にマーガレットが入っているのが見えて、すぐに『これだ！』と。ただ、贈る本数を一本にするか三本にするかで迷って、一本を選んだんだ。……なぜだと思う？」

リリアーナは何と言っていいのか分からず、顔を赤くして口をパクパクさせることしか出来ない。

ウィリアムはリリアーナを抱き締めて、耳元で囁くように言った。

「リリーは私の『運命の相手』であり、『真実の愛』を捧げる人だからだ」

——運命であり、真実の愛。ストンと胸に落ちた気がした。

ウィリアムの婚約者を決めるための夜会でリリアーナが選ばれたことは運命であり、そこから二人で愛を育み真実の愛となる。

リリアーナはウィリアムの胸を少しだけ押して隙間を作ると、顔を上げて、

「運命や真実の愛という言葉を口にするのは少し照れますが、ウィルがそうして私に一本のマーガレットを選んだ意味を聞けて、とても嬉しいですわ」

恥ずかしそうに、けれども心からの喜びに顔を輝かせた。

ちなみに受け取ったマーガレットは、モリーに頼んで押し花にしてもらっている。

「そうか。リリーが喜んでくれたなら、よかった」

ウィリアムはそう言ってリリアーナの手を引き寄せると、手の甲にそっと唇を寄せた。

柔らかな感触は一瞬で、リリアーナに向けるウィリアムの眼差しはとても優しく、その瞳は何よりもリリアーナが愛しいと雄弁に語っていた。

（こんなに幸せでいいのかしら……？）

頬を薔薇色に染めてウィリアムの胸にコツンと額を当てれば、再度力強く、けれども苦しくないように加減しながらの愛おしむような抱擁に、胸がきゅんとするのを止められな

い。

「明日、大聖堂で待っている」

そう言って頭頂部に口付けるウィリアムに、

「はい」

と答えながら、リリアーナは運命の相手の背中に腕(うで)を回した。

第2章　結婚式は波乱の始まり？

宗教婚と公式晩餐会の間には御成婚パレードが行われるのだが、まだ早い時間にもかかわらず二人の門出をひと目見ようと、沿道は人・人・人で埋め尽くされていた。

それに便乗した屋台があちらこちらに出ており、まさにお祭り騒ぎである。

その頃大聖堂の花嫁控え室では――。

「リリ、いつでも帰ってきていいんだぞ？　何なら結婚を辞めたって……ウグゥゥゥゥ」

ヴィリアーズ家当主であり、リリアーナの父であるオリバーが大泣きしていた。

これにはリリアーナを溺愛しているイアンとエイデンも呆れつつ、苦笑いしながら見ている。

リリアーナはそんな兄弟二人をジッと見つめて『止めてくださいましっ！』と念を送るも、スイッと目を逸らされてしまった。

（なぜですのっ⁉）

母ジアンナはそんな様子を後方から眺めながら、止めることもせずにハンカチでそっと目元を拭っており、モリーとケヴィンとティアとアンリの四人は部屋の隅で空気になっている。

（……誰も助けがいないではないですか！）

オリバーがリリアーナの両手を握り締めているため、教会関係者が呼びに来るまでずっと動けずに立ったままでいるしかない。

リリアーナは、ふぅと小さく息を吐き出した。

溜息が出るほどに美しいレースをふんだんに使ったハイネックのロングスリーブドレスは、バストとウエストがピッタリとフィットしているため、さすがのリリアーナも今日ばかりは大人しくコルセットをこれでもかと締めてもらっている。

そしてスカート部分は腰の辺りから広がるようにしてトレーンは五メートルほどの長さがある。

母ジアンナが選んだドレスは、リリアーナにとても良く似合っていた。

教会関係者が扉をノックする音が、控え室内に小さく響く。

ジアンナとイアンとエイデンの三人はいつの間にか控え室を出ており、すでに花嫁の親族席へ移動しているらしい。

リリアーナはオリバーにエスコートされ、ゆっくりと挙式の行われる大聖堂へと向かった。

先ほどまで家族もドン引きするほど大泣きしていたオリバーは、やっと泣き止んだというよりも無理やり涙を止めはしたが、目が真っ赤に充血している。

徐々に近付く大聖堂への扉。

別に今生の別れでもないのに、こう胸に込み上げてくるのはなぜだろう？

二人は扉の前で立ち止まる。

控え室で家族皆にこれまでのお礼の言葉を伝えようと思っていたリリアーナだったが、隣に立つオリバーが予想外の大号泣をしたために、まだ何も伝えられていない。

色々あったのだが、時間もないので結局一番伝えたかったこの一言だけにした。

「お父様、ありがとうございます。私は……お父様の娘で良かった」

オリバーはその言葉にせっかく止めたはずの涙がまた溢れそうになるのを目にグッと力を入れてこらえ、正面の扉を見つめた。

そして時間になり、ついに大聖堂への扉が開かれる。

荘厳なパイプオルガンの音色が響く中、一歩一歩、これまでの人生を振り返るように踏みしめた。

出会いこそ最悪とも言えるもので、リリアーナは必死にこの婚約を解消するべく藻掻いていたものの。

ウィリアムの不器用な優しさに触れるうちにいつの間にか彼を想うようになり、そして今日という日を迎えた。

　国内外から訪れてくれた大勢の方々が見守る中、生涯の伴侶となるウィリアム王太子殿下の元へと長い長いバージンロードをゆっくりと父と共に歩む。

　祭壇の前に到着したリリアーナに向けて、ウィリアムは蕩けるような笑みを向けた。

　その笑みに、彼がこの結婚式をどれほど待ち望んでいたのかが分かる。

「リリー」

　甘く囁くような声で名前を呼ばれ、手がゆっくりと差し出される。リリアーナの腕がオリバーからウィリアムへと移り、オリバーは重さのなくなった腕に寂しさを感じつつ、ジアンナ達の元へトボトボと移動した。

「夫たる者よ。汝、健やかなる時も、病める時も、常にこの者を愛し、慈しみ、守り、助け、天に召されるまで固く節操を保つことを誓いますか？」

「誓います」

　神父様の問いに真っすぐに答えるウィリアムの綺麗な横顔を、リリアーナはぼんやりとヴェール越しに見つめた。

　今日から二人は『婚約者』ではなく『夫婦』である。

　それはとても不思議な感覚で。何となく頭がフワフワして実感が湧かず、もしかして夢なのでは？　などと思ってしまう。

　あれこれと思考をめぐらせるリリアーナに気が付いたのか、ウィリアムはリリアーナの手をギュッと握った。

　それによりリリアーナは今が挙式の真っ只中であったことを思い出し、慌てて意識を集中させる。

「妻たる者よ。汝、健やかなる時も、病める時も、常にこの者に従い、共に歩み、助け、天に召されるまで固く節操を保つことを誓いますか？」

　優しい瞳でリリアーナを見つめるウィリアムから視線を神父様へと向け、彼がしてくれたように自らも真っすぐに答える。

「誓います」

　神父様は頷き、祭壇に置かれた聖書を閉じた。

　その聖書の横には小箱が置かれており、そこに乗せられた大小二つの金の指輪がキラリと光を反射している。

　ウィリアムは小さい方の指輪を手に取り、リリアーナの左手薬指にゆっくりと通し……第二関節の辺りで、止まった。

　少し力を入れるものの——

「入らない……」

リリアーナだけに聞こえるような小さな声で、困ったように呟く。

昨夜なかなか寝付けなかったこともあるが、実のところ二日前のチョコの食べすぎが原因とみられる。

焦るウィリアムに、

「ウィル、とりあえずそのままで」

そう言って何事もなかったかのように途中で止まった指輪をつけたまま、リリアーナは大きな指輪を手に取りウィリアムの左手薬指にはめていく。

こちらは何の問題もなくスルッとはめることができ、二人揃って小さくホッと息を吐いた。

何だか可笑しくなって、ベールでよく見えないのをいいことに、ニヤニヤしてしまう。

「では誓いの口付けを」

神父様のその言葉に、リリアーナの締りのない笑みは一瞬にして引っ込んだ。

緊張に固まるリリアーナのベールを、ウィリアムがそっと上げる。

遮るものがなくなり、愛おしむような柔らかな笑みを浮かべるウィリアムの顔がはっきりと見えた。

背の高いウィリアムを見上げているリリアーナの顔は、緊張と恥ずかしさですでに真っ赤に染まっている。

「リリー、これまでもこれからも、ずっと愛している」

リリアーナにだけ聞こえるように耳元で囁き、唇に触れようとしたその瞬間――。

「ちょっと待った――！　私の王子様っ！」

叫び声と共にバターンと大きな音を立てて開く扉に、皆が何事かとそちらへ視線を向けると……。

そこには扉に手を掛けた、肩までの長さのフワフワなピンクブラウンの髪に、クリクリとした少し垂れ気味でグレーの大きな瞳を持つ可愛らしい女性と、その女性を取り押さえようとする騎士達がいた。

「へ……？」

キス寸前の体勢のまま、閉じていた目をかっ開いて固まるリリアーナ。

（な、何事ですの⁉）

すぐさま拘束されたその女性は大聖堂から引きずり出される際、大きな声でとんでもないことを叫ぶ。

「いや、離してっ！　わ、私は王族の一員なのに、こんな扱い酷いわ‼」

その驚きの内容に、たちまち大聖堂の中がザワつき始める。

「あの娘は今、王族と言ったか？　ザヴァンニ王国のか？　あのような者が？」

「王族の一員という割には随分とみすぼらしい格好をしていたようだが……」

「まるで平民のようではなかったか？」

扉がパタンと閉じられると、コホンという咳払いと共に「静粛に」という神父様の言葉が大聖堂に響いた。

その言葉に、今はザヴァンニ王国王太子の結婚式の最中であることを思い出したゲスト達は、慌てて口を噤む。

それでも気になるようで、ソワソワと落ち着きのない空気が漂う。

「ウィル、あの……」

閉じられた扉に視線を向けたまま呆然とするリリアーナに、ウィリアムはそっと唇に触れるキスをした。

状況把握が追いつかないリリアーナは不意打ちのキスに目を瞬かせ、一拍遅れて照れて真っ赤になり俯く。

ウィリアムはリリアーナの両頬に優しく両手を添えて上を向かせると、少年のようにいたずらな笑みを浮かべた。

「リリーだけを愛している」

再度リリアーナへの愛を口にすると、本日二度目となるあり得ないほどの長い長いキスをした。

ゲスト達もあっという間に結婚式の甘い雰囲気に引き戻される。

神父様や特に花嫁の親族席から「ゴホン」「ウォッホン」といった、わざとらしい咳が大聖堂内に響きまくる。

「結婚の絆によって固く結ばれたこのお二人に、神の祝福を！」

神父様の言葉に、大聖堂に集った全ての人々から祝福の拍手が湧き起こる。まるで先ほどの騒ぎなどなかったかのように。

『氷の王子様』と呼ばれたウィリアムは満面の笑みを浮かべており、今後彼をそのように呼ぶ者はいないだろう。

隣に寄り添う可愛らしい花嫁であるリリアーナも、幸せそうに微笑んでいた。

オリバーと歩いてきたバージンロードを今度はウィリアムと二人、ここにいる皆の祝福を受けながら扉に向かってゆっくりと、一歩一歩踏みしめた。


式を終えれば次はパレードの時間である。

余韻を味わう暇もないタイトなスケジュールには、苦笑いしか浮かばない。

「さ、行こうか」

「はい」

二人はパレードのために用意された六頭立てのオープンタイプの馬車へと乗り込むべく、長い廊下を進む。

「ウィル」

難しい顔をしたダニエルが柱の陰から現れ、呼び止められた。

「……何か分かったか？」

緊張した面持ちで問い掛けるウィリアムの様子に、リリアーナは空気を読んで静かに口を噤んだ。

「それがなぁ、結論から言えば、まだどちらとも言えない、だ。あの平民女性の荷物の中に王家の紋章がついた小箱があったんだが、それは本物だった」

どうやらダニエルは二人の結婚式が行われている間に、あの女性のことを調べてくれていたようだ。

ダニエルの口から聞かされた結果に、ウィリアムの眉間に皺が刻まれていく。

王家の紋章のついた物を平民が持っているなど、本来あり得ないことだ。

「女性曰く、彼女の祖母と先代国王が密かに愛し合っていて、身籠った祖母は危険を感じて泣く泣く先代国王の前から去ることにした、と。小箱はその時に先代国王から贈られたと言うんだが……」

「そうは言っても、祖父にそのような相手がいたという話は耳にしたことがない。密かに愛し合っていたというのも、にわかには信じがたいな」

「ああ。とはいえ、女性が持っていた小箱は王家ゆかりのものであることは間違いなかった。先代国王の件に関しては引き続き調査を行うとして。あの女性だが、とりあえずは見張りの騎士をつけて客室に案内させてある。少しでも本物の可能性があるのなら、無碍にも出来んからな」

「……」

「まあ何にせよ、一生に一度の結婚式だ。あの女性のことはこっちに任せて、今は結婚式に集中してくれ」

　ダニエルは真面目な表情を急に笑顔に変えると、ウィリアムの肩をバシバシと叩いて、

「引き止めて悪かったな」

と言って後ろ手に手を振って行ってしまった。

　ウィリアムは小さく息を吐き出すと、少しの間ダニエルの背中に向けていた視線をリリアーナへと戻す。

「リリー、待たせてすまない。行こうか」

「はい」

　足を進めながらもつい考えてしまう。

　恋のバイブルと呼び好んで読んでいる恋愛小説の中に、望まぬ相手との結婚式の最中に恋人が教会の扉をバターンと開いて乱入し、さらっていくというお話があった。

　恋人達の愛の逃避行を甘く切なく描いたその小説を、ハラハラドキドキしながら読んだ

記憶（きおく）がある。

主人公（ヒロイン）に自分を当てはめて想像し、悶（もだ）えたこともあった。

だがまさか自分の結婚式で乱入される経験をするなど、思ってもみなかった。

乱入してきた女性は騎士達にあっという間に拘束されて連れていかれてしまったため、しっかり目にすることは出来なかったけれど。

女性は平民のようなシンプルなワンピースに身を包んでおり、所作はあまりよろしいようには見えなかった。

それにより貴族や、まして王族としての教育は確実に受けていなかったであろうことが窺（うかが）える。

仮にもし本当に彼女が王族の一員であるとするならば、長年そういった教育を受けることも出来ない環境（かんきょう）、つまりは市井（しせい）で暮らしていたということになるだろう。

何にせよ、早急（さっきゅう）にあの女性についての調査が行われるはずだ。

正直に言って女性の件はとても気になるが、今は自分が気にしたところで何も変わらない。ならばダニエルの言う通り結婚式の方に集中しようと、何とか気持ちを切（き）り替（か）えた。

そのまま馬車に乗り込んだ。トレーンは足元にコンパクトに畳（たた）まれている。

ゆっくりと動きだす馬車に沿道の人々は歓喜（かんき）の声を上げ、皆笑顔で手を振っている。

少し恥ずかしくはあるけれど、二人を祝うためにわざわざ駆（か）けつけてくれた人々なのだ。

リリアーナは一生懸命笑顔で手を振り続けた。

隣に座るウィリアムはそんなリリアーナを見て嬉しそうにヒョイと抱き上げると、横向きに膝の上に乗せて頬にキスをした。

「なっっ！」

驚きに目を見開いてキスされた頬へ手を当て、リリアーナは口をパクパクとさせる。

それらを見た沿道の人々は更に大歓声を上げた。

「人前ではやめてくださいとお願いしたではありませんか！」

「リリーが可愛いのがいけない」

ウィリアムによるリリアーナへの溺愛は、とどまるところを知らない。

王宮へ到着したウィリアムとリリアーナは急ぎバルコニーへと移動する。

王宮前には沿道と同様に、大勢の人が二人の姿をひと目見ようと詰めかけていた。

たくさんの喜びの声に、ここでも一生懸命手を振るリリアーナ。

ウィリアムが蕩けるような笑みを浮かべてリリアーナの頬にキスをすると、こちらでもワァッという歓声と拍手の音が響き渡る。

リリアーナが恥ずかしそうに頬を染めて俯けば、ウィリアムは嬉しそうに抱き寄せて頭頂部にキスを落とし、そんな仲睦まじい王太子殿下と王太子妃殿下の姿に人々はザヴァンニ王国の更なる発展を期待して、今日一番の祝福の声を上げた。

「リリアーナ様、晩餐会に間に合うよう、超特急で仕上げますよ！」

着替えのために用意された部屋へ入ると、そこにはモリーとアンリとティア以外にも数人の侍女達が控えており、リリアーナはあっという間に身ぐるみを剝がされる。

「リリアーナ様、今のうちにこちらをお召し上がりになってください」

モリーが一口大のサンドイッチを用意してくれていたようだ。

「モリー、ありがとう！　とっっってもお腹が空いていましたの！」

朝から準備が忙しく、しっかりと朝食を摂る時間がなかったために、ずっとお腹が空いていたのだ。

ものすごい勢いでお皿の上のサンドイッチが消えて……いや、リリアーナの口内に吸い込まれていく。

「モリー、あの、足りないのだけど……」

少量のサンドイッチだけでは足りないと不満を訴えるリリアーナにモリーが無表情で告げる。

「リリアーナ様？　結婚式で指輪が入らなかったそうですね」

「なぜそれを……！」

焦るリリアーナにモリーは目の笑っていない笑顔を向けて首を傾げた。

「ふふ、どうして入らなかったのでしょうねぇ？」

「そ、それは、その、昨日なかなか寝付けなかったからでは……」

「チョコレートケーキは美味しかったですか？」

「うぐっ……」

一昨日少しばかり……いや、だいぶ食べすぎてしまった自覚があるリリアーナは黙る他ない。

再び表情を消したモリーに、

「晩餐会まで耐えてください」

と言われ、渋々「はい……」と返事をしつつ、リリアーナは心の中で大粒の涙を流す。

大人しくなったリリアーナに、今がチャンスとばかりに侍女達がアップにしていた髪をハーフアップにし、メイクも直していく。

何とか時間内に支度を終え、リリアーナを無事ウィリアムに引き渡した侍女達は、力尽きたようにその場に蹲るのだった。

ソフィア王妃殿下のデザインした大きなケープカラーが特徴のサテンドレスを身に纏い、晩餐会の会場へとご機嫌なウィリアムにエスコートされながら向かうリリアーナ。

可愛いもの好きなリリアーナの希望通りに、王宮のパティシエ達が腕によりを掛けて作ったシュガークラフトの花で飾られた豪華なケーキが一際目を引く。

三種のシーフードを使ったハーブサラダや、春野菜とソースが添えられた牛フィレ肉、スープにデザートも今日のためにウィリアムとリリアーナが料理長を交えて決めたメニューである。

それらの料理に舌鼓を打ちつつ、会場内は和やかな時間が流れていた。

晩餐会後は玉座の間がダンスホールとなり、楽団の奏でる心地よい音楽がホールに響き渡る。

珍しいお酒も振る舞われ、席が決められていた晩餐会では会話することが出来なかった方達が、あちらこちらでにこやかに談笑している。

隣国の女王となったマリアンヌとランスロットも忙しい中約束通りにお祝いに駆けつけており、二カ月ぶりの再会を共に喜んだ。

真面目すぎるほどに真面目なマリアンヌが無理をしているのではないかと心配していたリリアーナだったけれど、マリアンヌが孤独を感じる暇もないだろうほどのランスロットの献身ぶりを目にし、要らぬ心配であったとホッと胸を撫で下ろす。

そして今回のザヴァンニ王国訪問前に法のもとでの婚姻を済ませており、来春にも結婚式を行うことに決まったと嬉しそうにマリアンヌから報告され、絶対にお祝いに向かうと約束を交わしたのだった。

こうして無事（？）ウィリアムとリリアーナの結婚式が終了し、深夜と言える時間になってようやく私室に戻るのだが。

リリアーナは新しい部屋をじっくり見る暇もなく浴室へと放り込……連れていかれ、頭のてっぺんから足のつま先までみっちりと洗われる。

手触りのいい夜着を着せられ、その上に揃いで仕立てられた絹のガウンを羽織らされると、初めて目にする夫婦の主寝室へと案内された。

夫婦の主寝室と謳っているだけあり、今まで使っていたベッドよりもかなり横に大きいものとなっている。大人三人が横に手を広げて寝られるくらいの幅はありそうだ。

ぐるっと部屋を見回してみれば、淡いグリーンの壁紙と落ち着いた渋めのグリーンのカーテンが、ウィリアムと二人で決めた『目に優しいグリーンで』という希望通りであることに満足感を覚えて一人頷く。

元々ウィリアムが使用していたソファーもカーテンと同様の色の生地に張り替えられており、部屋に統一感が出ている。

ウィリアムはまだ主寝室に来ておらず、ソファーで待つべきかそれともベッドで待つべきかを迷うリリアーナの耳に、部屋をノックする音が聞こえた。

「モリーです。お部屋に入ってもよろしいでしょうか？」

「ええ、どうぞ」

「失礼します」

ササッとモリーが入室してくる。

「リリアーナ様、ウィリアム殿下は国王陛下に火急の要件で呼ばれ、いつこちらに戻られるか分からないので、先に休んでほしいとの言伝がございました」

「まあ、そうなの？　分かりました。遅くまでありがとう」

「いえ、それではお休みなさいませ」

モリーが部屋を出てドアがパタリと閉じると、途端に広い主寝室を静寂が支配し始める。リリアーナは窓際へと移動してそっと真新しいカーテンを開けると、夜空に浮かぶ月を眺めて暫し思いふける。

「先に寝ているようにとのことでしたけれど、結婚初日に旦那様よりも先に一人で寝ている花嫁って……どうですの？」

ウィリアムが疲れているだろうリリアーナに気を使って言ってくれたのはよく分かっている。けれど、疲れているのはウィリアムだって同じだろう。

出来ることなら眠る前にウィリアムと今日の結婚式のこと、そして初めて目にしたこの部屋の感想などを語り合いたかった。

久しぶりに会ったクリスやマリアンヌ女王のことも聞いてほしかった。

今この瞬間に感じていることの全てを共有したかった。

起きた時にはきっと、今感じている小さな思いの欠片は忘れてしまいそうだから……。

入浴後の温まっていた体が冷えてぶるりと震え、「くしゅん」とクシャミが一つ出た。

「とりあえずベッドの中で待っていればいいかしら」

リリアーナはもぞもぞと大きなベッドに潜り込む。

いつもと違う新しい枕が何だか落ち着かない。

ぼんやりと天蓋を見つめていると、学園を卒業してから今日までの慌ただしかった十日間が思い起こされた。

王宮でもヴィリアーズ邸でも、少しでも時間が空こうものならオイルマッサージやら髪のトリートメントやらと、とにかく全身を磨き上げられた。

そのお陰で挙式時には過去一番に美しいリリアーナが出来上がったのだから、ありがたく思わなければと思いつつ、しばらくマッサージは遠慮したいというのが本音だったりする。

前夜祭の前日にイアンがビオのケーキをお茶請けに、兄妹三人でお茶をしようと誘ってくれたことはかなりいい気分転換となった。感謝である。

王太子妃となったことで、婚約者であった頃のようにヴィリアーズ邸（実家）へ戻り、兄妹で気軽にお茶を楽しむのは難しくなるだろう。

結婚前にそういった時間を設けられたのはとても幸せなことだったと、リリアーナはふわりと笑った。

大聖堂で行われる私とリリアーナの宗教婚に、いきなり乱入してきた女性がいた。

リリアーナとの婚約から結婚までの約三年。

ようやく迎えた今日という日を台無しにしかねないその愚かな行為に、私は血が逆流するような怒りを感じた。

それだけでも万死に値する行為だというのに、王族の一員だと？　ふざけるな！

私がどれだけこの日を待ち望んでいたと思っているのか。

一分一秒でも早くリリアーナを自分の妻にしたい気持ちを、どれだけ耐えたと思っているのか。

扉に視線を向けたまま小動物のように驚いて固まるリリアーナの姿がとんでもなく可愛らしく、気付けば唇を重ねていた。

そんな不意打ちのキスに、リリアーナは目を数度瞬かせた後これ以上はないほどに顔を朱に染めて、隠すように俯いた。

念願かなってリリアーナが私の妻となったこの瞬間を、一生忘れることはないだろう。

あまりのリリアーナの可愛さに調子に乗って少し長めの口付けをしてしまったが、無事に式を終えることが出来た。

その後はパレードで馬車から手を振り（一生懸命手を振るリリーが可愛かった）、王宮前に集まる人々に向けてテラスから手を振り（ここでも一生懸命手を振るリリーが可愛かった）、続いて晩餐会を終えてようやく、ようやく夫婦二人だけの時間が始まると思い部屋へ戻ってみれば、国王陛下からの火急の呼び出し……。

いや、分かっている。あの忌々しい女性についてだろう。

あの場にいたのが国内貴族のみであれば箝口令を敷くことも考えられたが、他国の王族や招待客が大勢いる中では無理というもの。

早々に噂は広まるだろう。

早急に事実確認を行い対応しなければならない。

結婚式の全てが終わるまで待ってもらえただけでもありがたいことなのだと、分かってはいるのだ。

だが、あの女性に問いたい。

なぜ今日を選んだのだ――!!

涙を呑んで『先に休んでほしい』とリリアーナへの言伝を頼み、肩を落として国王陛下の元へ向かう。

　深夜という時間帯もあり、王宮内は非常に静かである。

　ノックをして室内に入れば、父上とオースティンとホセが揃って非常に申し訳なさそうな顔をしていた。

「ウィルよ、こんな時にスマンな」

　父上の言葉に首を横に振る。

「いえ、父上のせいではありませんので謝罪は不要です。全てはあの忌々しい女性のせいですから」

　不機嫌を隠すことも出来ずにソファーへと腰掛ける。

「その女性が自分は前国王の孫であると主張しているのだが……」

「いや、どう考えてもあり得なくないですか？　あのお爺様がお婆様以外の女性と恋仲に？　ないない、それはない」

　国王陛下の言葉をホセが真顔で否定した。

「ああ。息子の私の目から見ても、父は母のことを大切にしていたからね。それについてはキッパリと否定しよう。だがそうなると、問題はあの小箱だ」

「たかが小箱といえど、王家の紋章が入ったもの。どういった経緯で女性の手に渡ったのかを調べなくてはなりませんね」

常に笑みを浮かべ『微笑みの王子様』と呼ばれているオースティンが、難しい顔をして言った。

「女性の出身地とされる村だが、確かに二カ月ほど前に火事によって村そのものが消失したと領主より報告を受けている。女性は火事の後すぐに王都に向かい、到着早々に大聖堂へ突撃したと言っているそうだ」

「火事の後すぐに、ですか？　それはおかしいですね。その消失した村から王都に来るまでに掛かる時間を調べましたが、乗合馬車を使用すればひと月掛からずに着くそうです。仮に歩いてきたとすればもう少し掛かると思いますが、護衛もなしに若い女性が一人で無事に王都まで辿り着くのは難しいでしょう。余程自分の腕に自信があるという者なら話は別ですが」

「うん、乗合馬車を使ったと考えるのが妥当だよね。でもさ、火事で小箱だけ持ち出したって話みたいだけど、王都に来るまでに掛かったお金はどうしたんだろうね？　宿代や食事代、誰が払ってくれたのかな？　それともその小箱の中に貯めていたとか？」

ホセが辛辣な言葉で皮肉るが、誰もそれを止めようとは思わないし止めるつもりもない。ウィリアムやオースティンを見ても分かるように、ザヴァンニ王国の王族は愛情深いというか、溺愛体質である。

現国王や前国王もまた然り。それ故にここにいる誰も女性の話を信用などしていない。

「とりあえずギルバートを向かわせます」

ウィリアムは硬い表情で告げた。

あの男も新婚ではあるが、数日間とはいえ夫婦として共に過ごせているのだから、今の自分よりは遥かにマシだろうとウィリアムは思う。

「そうだな、彼が適任だろう」

国王陛下からも肯定の言葉を受け、イザベラの夫であるギルバート・クラリスが現地に派遣されることが決定した。

そして――。

「ウィル達にはすまんが、三日後からの新婚旅行は延期してもらう」

「は？　父上、今何と……？」

「新婚旅行は延期だ」

「……」

ウィリアムはあまりのショックに口をパクパクと動かすだけで言葉が出てこない。

オースティンとホセは、気の毒なものを見るような目をウィリアムへと向けた。

「おのれ、どのような目的があって王族を騙ろうとしたのかは知らぬが、私とリリーの結婚式に乱入し、大切な初夜を台無しにし、あまつさえ新婚旅行を延期にさせたこと、絶っっ対に許さない！」

ウィリアムの瞳にはこれ以上ないほどに、激しい怒りの炎が灯っていた。


国王陛下達との話し合いを終えたのは、空に夜明けの色が微かに漂い始める頃。

ウィリアムが私室と繋がる主寝室の扉をそっと開けて中へ入ると、ナイトテーブルに置かれたランプが薄暗い室内を仄かに照らしていた。

そのためリリアーナが頭から布団を被っているだろう小さな山がしっかりと見える。

ウィリアムは口角を小さく上げてフッと笑った。

先に寝ていてほしいと言ったが、きっと起きて待っていてくれたのだろう。——途中で力尽きて眠ってしまったようだけれど。

布団を少しだけ捲り上げて体を中に潜り込ませるが、残念ながらリリアーナはこちらに背中を向けて眠っていた。

腕枕をしようとそっと頭の下に腕を差し込むと、

「んむ……」

リリアーナは寝返りをうってこちらを向いた。

寝ぼけているのか、そのまま優しく頭を撫でればうにゅうにゅと口を動かし、

「ウィル……」

と寝言で名を呼ばれる。

――ああもう、リリーが可愛すぎるっ!!

このままずっとリリアーナの寝顔を見ていたいウィリアムであったが、延期されてしまった新婚旅行に向かうためには、あの女性の件を早急に解決しなくてはならないのだ。

そのためにもやらねばならないことがたくさんある。

今の自分に出来ることは、女性の話が真実ではない証拠を見つけることもそうだが、栄養と睡眠をしっかりとって体力を温存することだ。

どちらが欠けても仕事の効率が悪くなることは、隣国のクーデター騒ぎの時に嫌というほどに体感している。

ウィリアムはそう自分に言い聞かせると、目を瞑った。

第3章 招かれざるお客様

（……？）

寝返りをうとうとして、何かに邪魔されて動けないことに気付く。

リリアーナは眠たい目を擦ろうとするが、その腕も動かせない状況にあるらしい。

（なぜ？）

確認のために仕方なく重たい瞼を持ち上げると、視線の先にははだけたガウンと厚い
……胸板??

（ええええええええ!?）

どうやらウィリアムに抱き締められていたようだ。

驚きに目を見開いて固まるリリアーナの頭上から、クックッと笑う声が聞こえた。

視線を上げればウィリアムが片手で口を押さえて笑っているのが見え、思わずキッと睨み付ける。

「おはよう、リリー。そうして睨む顔も可愛いが、出来れば笑顔で挨拶を交わしたいんだが？」

朝から眩しい笑顔でそう言いながら、リリアーナの額にチュッと軽く口付けた。

「んなっ……」

顔を真っ赤にして羞恥にプルプル震えるリリアーナをウィリアムが凝視している。

どうやら本当に笑顔で挨拶が返ってくるのを待っているらしい。

リリアーナは小さくふぅと息を吐き出し、改めてウィリアムの姿を直視したことで思考がストップした。

騎士服姿やお忍び時に着用するような簡素なシャツとトラウザーズ姿は見慣れているが、何分無防備なガウン姿のウィリアムを目にするのは初めてのことであり、色気駄々洩れ中の彼を前にして笑顔で挨拶などという難易度の高いミッションは、

「おおお、おは、おはよう、ございます」

……やはりまだ無理だと言えよう。

真っ赤な顔のまま視線が泳ぎまくり、笑みを浮かべる余裕など皆無。

けれどそんなリリアーナの姿も可愛いとウィリアムが思っていることなど、テンパり中のリリアーナが気付くことはなかった。

「リリー、よく眠れたかい？」

ウィリアムの問い掛けに、先に寝てしまったことを思い出したリリアーナは、途端に眉をハの字に下げて謝罪の言葉を口にした。

「あの、ウィルを待っていようと思っておりましたのに、先に寝てしまいましたわ。私だけぐっすり眠ってしまってごめんなさい」

シュンと項垂れるリリアーナの頰をウィリアムが優しく撫でる。

「いや、私が先に寝ていてほしいと伝えていたのだし、謝罪は要らないよ。リリーがよく眠れたようで安心した」

「ウィルはちゃんと眠れましたか？」

「ああ。時間にすると短いかもしれないが、リリーの体温を感じてぐっすり眠ることが出来た」

「体温を、感じて……」

リリアーナの顔が再び朱に染まった。

確かに、普段ウィリアムが着用している騎士服は生地も分厚くしっかりしているわけで、抱き締めた時、ガウン一枚の今の方が相手の体温をより感じることが出来るのだろうが。

（言い方ですわ――！）

あんな言い方をされてしまえば、嫌でもウィリアムの体温を意識してしまう。

リリアーナは一旦ウィリアムと距離を取るべく、彼の胸に手を置いて力を入れた。

が、ウィリアムの片腕がリリアーナの背中へと回されており、二人の距離は変わっていない。

「ふぬぅっ！」

おかしな掛け声と共に、ムキになって更に力を込めるがびくともしない。

渾身の力を入れたリリアーナの腕がプルプルと震えている様に、ついに耐えられなくなったウィリアムが「あはは」と笑いだした。

『氷の王子様』などと呼ばれて笑わない王子として有名であったウィリアムは、リリアーナと出会い、よく笑うようになった。

笑顔が増えたことは喜ばしいけれど、リリアーナにとってこの笑いは全くもって面白くはない。

頰を大きく膨らませてこれでもかというほどに睨んでみるが、当のウィリアムは気にした様子もなく目尻の涙を拭うと、リリアーナの頭をわしゃわしゃと撫で回した。

「もう少しだけこうしていたい気もするが、あまりゆっくりしているとダニエルが迎えに来てしまうな。……リリー、今朝は私の部屋で一緒に朝食を摂らないか？」

「ウィルのお部屋で、ですか？　別に構いませんけれど」

「では着替えが終わったら準備させよう」

「分かりました」

リリアーナはウィリアムにクシャクシャにされた頭を少しだけ手櫛で直すと、一旦私室へ向かう。

夫婦となって初めての朝は、こんな風に始まった。

「リリアーナ様、おはようございます」

「おはよう、モリー。やっぱりその呼び方は慣れないわね」

「ご結婚されて王太子妃となったリリアーナ様を、いつまでもお嬢様呼びは出来ませんから。早く慣れてくださいね」

「それはそうなのだけど……」

そう言ってリリアーナは苦笑を浮かべる。

モリーには物心ついた頃からずっとお嬢様と呼ばれてきたのだ。

『お嬢様』から『リリアーナ様』へと変わった呼び名に、一体どれほどの日数を掛ければ慣れるのだろうかと考える。

その呼び方に慣れた頃には、ウィリアムの『婚約者』から『妻』という立場に変わったことにも慣れているのだろうか……？

「さあさあ、ぼんやりしていないでチャッチャと顔を洗ってきてくださいね」

モリーに洗面所へと追い立てられるリリアーナ。

呼び名は変わっても扱いは変わらないようである。

ふかふかのタオルで顔を拭っていると、「アンッ！」と元気な鳴き声を上げながら真っ白な子犬が足に擦り寄ってきた。

「おはよう、毛玉。今日も元気ね」

しゃがんで撫でてやれば、嬉しそうに小さな尻尾をピコピコ振っている。

リリアーナは毛玉を抱きかかえて鏡台に向かい、腰を下ろすと毛玉を膝の上に乗せた。

「「リリアーナ様、おはようございます」」

「おはよう、アンリ、ティア」

モリーより少し遅れて部屋へ入ってきたアンリとティアにも挨拶を返す。

「リリアーナ様、随分と髪が乱れておいでですが……」

モリーの言葉に何を想像したのか、顔を少し朱らめるティアとアンリ。

騎士でありながら侍女姿でリリアーナの護衛をしており、普段はとても頼りになる彼女達は絶賛婚活中の乙女ではあるが、何分男ばかりの騎士団にいたため耳年増でもある。

そんな二人の様子に気付かないリリアーナとモリーは、いつも通りに気安い会話を続けていた。

「まさか眠っている間に殿下を蹴飛ばしていたなんてことは……」

「もう、モリーったら。そんなに寝相は悪くありませんわ。これは先ほどウィルに頭を撫で回されて、それで！」

必死に否定するリリアーナにモリーは「うふふ」と笑う。

「冗談ですよ。……殿下は昨夜国王陛下に呼び出されておいででしたが、やはりあのことですかね？」

表立っては誰も口にしないが、大聖堂に乱入した女性のことは、王宮の侍女達の耳にもすでに届いている。どのような人物かまでは分かっていないけれど。

「そうだと思うけれど、まだ何も聞けていないので分かりませんの。ウィルが戻ってくるまで起きて待っていようと思っていましたのに、気付いたら朝でしたわ」

苦笑するリリアーナの後方で、アンリとティアが「副団長……」と気の毒そうに呟く。

「そうそう、着替えが終わったらウィルの部屋で朝食を摂ることになりましたから、そこで聞いてみますわ」

「では殿下が首を長くしてお待ちでしょうから、急いで支度します」

軽くメイクしてもらい、髪を整え、デイドレスを着用する。

「もっと簡単に着用出来るドレスはないのかしら？」

毎日のこととはいえ、いや、毎日のことだからこそ心からそう願うのだ。

「あら、お婆様達の時代に比べれば、大分簡素化されていると思いますが」

「それを言われてしまえばそうだけれど……」

祖母の時代のドレスといえば、まず日が昇ってから纏うモーニングドレス。

体にピッタリと沿わせた胴着で胸部と腕と首を覆い、くるぶしが見えない長さのドレスを着用する。

　誰かを訪問するなどの外出時や来客の予定がある時はアフタヌーンドレス。

　お洒落なスポットを散歩する時などに着用するウォーキングドレス。

　舞踏会用の艶やかなバルドレス。

　何の予定のない日でも朝、昼食後、晩餐前の着替えが必須であり、昔のドレスは襟、胸部、ポケットなどのパーツごとに分かれていたため、着用までの時間が非常に長かったのである。

「さあ、殿下がお待ちですわ」

「ええ、ありがとう」

　いそいそとウィリアムの部屋へと向かうと、満面の笑みを浮かべて迎え入れてくれた。

　窓際に用意されたテーブルの上には数種のパンと、彩り豊かなサラダと絶妙な半熟加減のポーチドエッグとソーセージ、それに芳醇な香りのリンゴを使ったコンポートが並べられている。

　少しだけ開けられた窓から入ってくる爽やかな風が、レースのカーテンをふわりと揺らした。

　食後の紅茶をゆっくり味わっていると、そわそわと落ち着きなく見えるウィリアムが口を開く。

「リリー、新婚旅行のことなんだが……」

「ええ、美しい湖のある別荘でしたわね。湖といえば、以前ウィルが領地に戻っている私を迎えに来てくださった時、イアン兄様に教えて頂いた湖を一緒に見たのを思い出しますわ。どちらの湖の方が美しいのかしら？　今から楽しみですわね」

ぱあっと顔を輝かせるリリアーナに対し、ウィリアムは困ったような、悲しそうな、何とも複雑な表情を見せた。

「ウィル？」

様子のおかしいウィリアムに気付いたリリアーナが声を掛ける。

「リリー、その新婚旅行のことなんだが……。延期になってしまった」

「え？」

「すまない……」

「……」

楽しみにしていた新婚旅行を延期と言われたことに、何と答えるのが正解なのか。

ウィリアムの様子を見れば、彼にとっても不本意であることが分かる。

彼を責めるのは筋違いというものだ。

延期になった理由は恐らくだが、大聖堂に突撃したあの女性だろう。とはいえ念のために確認はしておくが。

「理由を伺っても？」

「私達の結婚式に乱入してきた女性がいただろう？」

「……やはりそうですか」

肩を落とすリリアーナに、ウィリアムは申し訳なさそうに説明を始めた。

「王族の一員だとあれだけの人々の、他国の王族や高位貴族達の前で言われてしまったからね。さすがにそれを放置して新婚旅行に出掛けるのは外聞が悪いと……。この問題が解決するまでは、すまないが我慢してほしい」

「仕方ありませんわ。問題が一日も早く解決することをお祈りしていますわね」

「リリー、ありがとう。本当ならば、リリーとゆっくり新婚生活を満喫するはずだったのだが」

心から残念に思っているのだろうガックリと項垂れるウィリアムの姿に、胸の奥がキュンとする。

「またお忙しい日が続いてしまいますのね。お願いですから無理だけはしないと約束してくださいませ。でないと私は心配で……ウィル？」

話している途中にもかかわらず立ち上がったウィリアムは、そのままリリアーナの背後に回るとふわりと抱き締めた。

「約束しよう。リリーに心配はさせないように」

「はい、約束です」

自分を優しく抱き締めるその腕にリリアーナがそっと手を添えると、ウィリアムは耳元に顔を寄せて囁く。

「私の隣はリリーの場所だが、私の膝の上もリリーだけの場所だ」

「ええ、ウィルの隣は……え？　膝の上？」

リリアーナが聞き違いかと首を傾げるのと同時に、ウィリアムは膝裏と背中に手を当てて抱き上げた。

「ほぁっ！」

驚きに奇声を上げるリリアーナを横抱きし、席に座る。

「ウィル!?」

「リリアーナだけの場所だ」

リリアーナは抗議の目を向けるも、ご機嫌なウィリアムの姿に仕方ないとばかりに小さく息を吐いた。

「もう、いきなりは心臓に悪いですわ」

「はは、すまない。次から気を付けよう」

『本当に？』といった風にリリアーナがジト目で見るが、ウィリアムはどこ吹く風と聞き流している。

この時点で『すまない』などとは思っていないことが丸分かりだ。

リリアーナは呆れつつも、そんなウィリアムのことが嫌いではなかったりする。

「リリー」

名前を呼ぶと同時に、ウィリアムの表情がガラッと変わった。

思わずリリアーナの背筋が伸びる。

「何でしょう？」

「私はあのおん……コホン。あの女性の件を長引かせる気はない。リリーとの約束があるから無理はしないが、それでも忙しくはなるだろう。寂しい思いをさせてしまうかもしれない。それに王都内は私達の結婚式の影響でしばらく人が多いだろうから、落ち着くまでは警備の都合上、出掛けることは控えてもらわねばならない」

リリアーナはそれも仕方のないことだと頷いた。

「だからと言ってはなんだが、リリーの友人をお茶に誘ってみてはどうだろう？」

ウィリアムからの意外な提案に、ついジッと見つめてしまう。

「私が王宮に、お誘いしてもいいんですの？」

「ああ、構わないよ。というより、私が提案しておいて断ったらおかしいだろう？」

ウィリアムは可笑しそうに笑うとリリアーナの頭を撫でた。

——ダニエルと婚約しているクロエとクラリス夫人となったイザベラは王都に残るけれど、エリザベスは近々領地に戻る予定であり、今後はなかなか会うことは難しくなるだろう。

遥々東国からお祝いに駆けつけてくれたクリスとその婚約者のカナリアは、あと数日王都を観光したら帰国する予定だと言っていた。帰国してしまえば馬車で二十日ほどの距離にある国に住む彼らと会うことは、エリザベスに会う以上に難しい。

前夜祭で皆と会話した時に、一度ゆっくりお茶会でも出来たらと思いながらも、現実的には難しいだろうと諦めていたのだが……。

ウィリアムがせっかく提案してくれたのだ。少しばかり急ではあるが、気楽な内々のお茶会として皆を誘ってみてもいいのではないか。

「ではお言葉に甘えて、後ほどお茶会にお誘いする手紙を書こうと思います」

リリアーナの言葉に頷いて何か言おうとウィリアムが口を開きかけた時、ノックなしにガチャリと音を立てて扉が開くと、ダニエルが入ってきた。

彼が許可なくウィリアムの部屋へ入ってくるのはいつものことである。

「ウィル、そろそろ各国の王族方が帰国の途につくから、見送りの準備を頼む」

ダニエルの言葉にウィリアムは残念そうに溜息を一つつくと、リリアーナを膝から下ろした。

着替えを終えたリリアーナは、ウィリアムと共に玉座の間へ向かう。

こちらで挨拶を交わした方達から順に、馬車へと乗り込んで帰国するのだ。

順番としては国力の大きい国やザヴァンニ王国にとって親しく益のある国からとなる。

招待客の全員がこの日に帰国の途につくわけではないが、半分以上の国の方達がここに集まっていた。

その中にはマリアンヌ女王とランスロットの姿もあった。

クーデター終結から二カ月ほどが経ち、ベルーノ王国内もだいぶ落ち着きを取り戻したとはいえまだまだやらねばならぬことが山積しており、長く国を空けるわけにはいかなかったのだ。

多くの招待客達がいる中で、ゆっくりと言葉を交わす時間はない。

それだけに、昨夜話すことが出来て本当に良かったと思う。

「またお会い出来るのを楽しみにしています。気を付けてお帰りくださいませね」

当たり障りのない言葉しか伝えられないけれど、その分手紙をたくさん書くつもりだ。

リリアーナはマリアンヌと、ウィリアムはランスロットと笑顔で握手を交わした。

次に会えるのはきっとマリアンヌ達の結婚式だろう。それまで暫しのお別れである。

「え？　私がですか？」

平々凡々を絵に描いたようなこれといった特徴のない男、ギルバート・クラリスは眉間に皺を寄せた。

「ああ、すまないが急いで現地に飛んで調べてほしい」

淡々と語るウィリアムに、ギルバートは大きな溜息をついた。

「私、新婚なんですけどねぇ」

「偶然だな。私もだ」

ギルバートは恨みがましい目を向けながらも、やれやれと重い腰を上げる。

「悪いな」

ウィリアムがニヤリと笑えば、ギルバートはフンと鼻を鳴らした。

「帰ったら長期休暇申請するんで」

「ああ、責任もって受理しよう。ついでにシンドーラハウスを使用する許可も出すぞ」

シンドーラハウスとは、王族の所有する別荘の一つである。

シンドーラハウスの近くには水深の浅い穏やかな川が流れており、その川沿いにズラリと並ぶ樹木はちょうどこの時期に淡いピンクの花を咲かせることで有名となり、観光スポットとして人気急上昇中である。

ギルバートの目がギラリと光る。

「……約束しましたからね」

「最速で頼む」

「言われずとも」

そう言ってダニエルの淹れた少しだけ濃い紅茶をグイッと飲み干すと、ギルバートは足早に部屋を後にした。

何だかんだと文句を言いつつもサラリとやってのけるだろうと、王国随一の諜報能力を有する彼を、ウィリアムは信用しているのだ。

「ダニー、ソレッタ城に人をやって、あの女性の祖母のことを知っている者がいないか調べるよう手配してくれ」

「前国王夫妻が亡くなるまで過ごされていたあの城か」

「ああ、あそこにはまだ祖父母に仕えてくれていた者が残っているからな。何かしら話を耳にしたことがあるかもしれない」

「分かった。並行して当時王宮に仕えていた者のことも調べておく」

「頼む」

ウィリアムは小さく頷いた。

この時代の平均寿命は五十歳ほど。

当時王宮に仕えていた者となると、存命だったとしてかなりの高齢となっているだろう。

果たしてその中で答えを持っている者がいるかどうか——。

王宮の奥庭にある真っ白く小さな四阿は、リリアーナが王宮内で一番お気に入りの場所である。

義母となったソフィア王妃殿下お気に入りの薔薇を中心とした大輪の花が咲き誇る庭園とは違い、可愛らしい小花が咲き揃う奥庭を訪れる者は少ない。

人目を気にせずゆったり過ごせるこの場所は、いつしか『ウィリアムとリリアーナ専用の庭』扱いとなっていた。

「表の庭園と比べると少し狭いですが、ここなら皆様と気兼ねなくお話し出来ると思いましたの」

そう言ってリリアーナは柔らかな笑みを浮かべた。

急なお誘いであったにもかかわらず、手紙を送った全員が参加してくれたのだから、自

然と頬も緩んでしまうというものだろう。

「リリ様、本日はお誘いありがとうございます」

イザベラとクロエがにこやかにお礼の言葉を口にする。

「領地に帰る前にまた皆と会えると思わなかったから本当に嬉しい！　ありがとう」

「俺も、帰国前にこうやってまたゆっくり皆と話が出来る機会があるとは思わなかったよ。誘ってくれてありがとう」

エリザベスとクリスも満面の笑みを浮かべ、クリスの婚約者であるカナリアは恭しく謝辞を述べた。

「皆様との楽しいお時間にわたくしもお誘い頂きまして、ありがとうございます」

「まあ、クリス様の大事な方は私達にとっても大切な方ですもの、当然ですわ」

リリアーナの言葉に皆が笑顔で頷く。

「でもさ、こうして会えたのは嬉しいけど、まさかリリ達の新婚旅行が先送りになるとは思ってもみなかったわ」

エリザベスはそう言って複雑な表情を浮かべた。

「……ええ、新婚旅行が延期になるなど想像すらしておりませんでしたわ」

リリアーナはそう答えるとハァと大きな溜息をついた。

「ちなみにどこに行く予定だったんだ？」

クリスに『今それを聞くのか？』といった、クロエとイザベラの呆れの視線が一斉に向けられるが、そういったことに疎いクリスはキョトンとしている。

リリアーナは苦笑しつつもクリスの質問に答えた。

「王宮から馬車で四日ほど行ったところに、緑が豊かで近くに美しい湖もある王族所有の別荘がありますの。そちらに十日ほど滞在してゆっくり過ごす予定でしたわ」

「ソレッタ城ですね。敷地内に邸宅もあって、確か前国王夫妻のお気に入りだったとか」

「ええ。ベラ様の仰る通り、前国王夫妻が退位されてからお亡くなりになるまで過ごされたところですわ」

「馬車で少し行けば、ちょっとした町もありますしね」

「ベラ様はよくご存じですわね」

クロエが感心したように頷き、珍しく興味津々に質問した。

「その町の特徴といいますか、有名なものなどはありますの？」

「あの町はスープの屋台が多く出ておりますわ」

「スープ、ですか？」

「ええ。定番のオニオンスープは薄切りのバゲットを浮かべた上にチーズをたっぷりと乗せますの。他にも季節によってかぼちゃやコーンのスープが売られているそうですわ」

イザベラが語るスープを想像し、食いしん坊なリリアーナとクリスは思わず唾を飲み込んだ。

「ベラ様は随分とお詳しいですが、その町へは行かれたことがありますの？」

「いえ、侍女のカーラがその町の出身なのです」

「まあ、そうでしたの。カーラさんといえば、ベラ様の幼い頃から仕えてくれている方でしたわね」

「ええ。時には厳しく、けれども血の繋がった兄や両親よりも深い愛情をもって私の心を守ってくれた、大切な存在ですわ」

そう言って、イザベラはふわりと優しい笑みを零す。

一番辛かった時に誰よりも近くで守ってくれた侍女のカーラは、イザベラにとっては家族も同然、いや、それ以上の存在といえた。

彼女の辛い過去を知っているリリアーナとエリザベスとクロエの三人は、心から幸せそうに微笑む姿に胸が温かくなり、釣られて笑みを浮かべた。

モリーが新しくブレンドした自慢のハーブティーを淹れていく。

何となく癒されるようなその香りとほんのり優しい甘さに、皆が一口飲んで「ほぅ」と息を吐いた。

「とても美味しいですわ。これは何というお茶ですの？」

カナリアが興味津々でモリーに質問する。

「こちらのお茶は、僭越(せんえつ)ながら私がステビアなどの数種類のハーブをブレンドしたものです。もしよろしければレシピを後ほどお持ち致(いた)しますが」

「まあ、嬉しいわ。国に帰ってからも、このお茶を口にすることが出来ますのね」

カナリアの顔がパァッと輝き、そんなカナリアを楽しそうにクリスが見つめている。

こちらもとても幸せそうだ。

彼から送られてくる細かい文字でびっしりと綴(つづ)られた惚気(のろけ)の手紙からも分かってはいたが、想像以上のベタ惚(ぼ)れ具合である。

リリアーナ達はそんなクリスに生暖かい視線を送りつつ、カナリアお気に入りのハーブティーに口をつけて、

「なぁ、クロエ嬢(じょう)はまだゴリッゴリのマッチョ好きなのか？」

クリスの発言に噴(ふ)き出しそうになった。

「ゴホッ、ク、クリス様？　このタイミングでそれを言うのは反則……」

皆が咽(むせ)て涙目(なみだめ)でクリスを睨み付けた。

「え、いや、えっと、ごめん？」

間の悪いクリスに呆れながらも、皆が『クリス様だし』と諦めている。

「クーは念願叶(かな)ってゴリッゴリの筋肉様と婚約したわよ」

「いつの間に……。その話、詳しく教えてくれ」

クロエは少し恥ずかしそうにしながらも、当時のことを思い出しつつ楽しげに語りだした。

「リリ様にご紹介頂いて、とあるパーティーにエスコートをお願いしてみましたの。ダンスをする時に触れた上腕二頭筋はとても素敵で」

クロエは『うっとり』という言葉を体現するように、瞳を閉じた。

「上腕二頭筋……」

リリアーナ達は皆、一様に遠い目をしている。

「視界に入ってくる広い肩幅、厚い胸板はまさに眼福。もう、何のご褒美かと思いましたわ」

クロエの姿は儚い美少女風であるのに、話している内容が何とも残念である。

「ですが……その後に何を勘違いされたのか、リリ様やウィリアム殿下に無理やり紹介されて断れずにいると思われてしまって……」

クロエは片頬に手を当てて、ほうと息を吐いた。

「ですから私、逃げられぬように積極的に動くことにしましたの」

「どう動いたのかめちゃくちゃ気になるのに、聞いたらヤバそうな気配がする」

ニコリと笑うクロエを前にクリスがそう言えば、その結果を知っているリリアーナ達が苦笑を浮かべた。

「クリス様には刺激が強すぎるから、聞かない方がいいと思うよ」

エリザベスの優しい忠告に従って、クリスは詳細を聞くのは諦めたようだ。

「まあ、色々あって婚約したってことで。クロエ嬢、おめでとう」

「ありがとうございます」

クリスの言葉にクロエが微笑んで返す。

だが、リリアーナ達はクロエがいまだ決まらぬ結婚の日に不安を抱いていることを知っていた。

本当であれば今頃ダニエルはゴードン邸を訪れているはずで、クロエの幸せに満ちた笑顔が見られるはずだったのだが……。

リリアーナはウィリアムに聞いて知っているが、エリザベスやイザベラはもちろんのこと、当の本人であるクロエにも知らされていない。

もうしばらくはクロエの不安な日々が続くであろうことに、リリアーナは心を痛めるのだった。

「それにしても、あの『扉バターン』には驚いたわよ。何だったの？　アレ」

ふと思い出したように、エリザベスがカップをソーサーに戻して言った。

「エリー様、扉バターンって……」

イザベラが可笑しそうにふふっと笑い、皆も釣られて笑う。どうやら『扉バターン』の響きがお気に召したらしい。

「詳しくはまだ分かっておりませんの。ですが、私もまさか自身の結婚式で『扉バターン』を経験するとは思ってもみませんでしたわ。あれは物語の中だけのものだと……」

「だよな。物語だと『扉バターン』した男が花嫁を連れて逃げるってのが定番だけど」

「言われてみれば、女性が『扉バターン』してすぐに連行されるパターンはあまりというか、目にしたことがありませんわね」

「「「確かに」」」

見事なまでに綺麗に揃った。

「でもさ、なんか『自分は王族の一員だ』って騒いでたよね？」

エリザベスが少し言いにくそうに、けれども興味津々といった様子で聞いてくる。

「エリー様！」

クロエが慌てて止めるも、リリアーナは気にしていないという風に微笑みながら首を横に振った。

「あの場にはこの国の貴族だけでなく他国の王族や招待客が多数おられましたし、人の口に戸は立てられぬと申しますでしょう？　きっとあっという間に噂は広まると思いますわ。……とはいえ王族に関わることですから、ここでの話は他言無用でお願いしますわね」

「絶対に他言しません！」

エリザベスが片手を上げて真剣な顔で宣言した。

「私も絶対に他言は致しませんわ」

「私もです」

「俺らも他言しないと約束する。な？」

イザベラとクロエに続いたクリスにカナリアは「はい」と大きく頷く。

「あの女性は王家の紋章の入った小箱を持っており、調べた結果、それは本物でしたの」

「まあ……」

皆が驚きの表情を見せる。

「女性曰く、先代国王様と当時王宮で働いていたらしい女性のお婆様が愛し合い、女性のお母様を身籠られたそうで。そして命の危険を察したお婆様は泣く泣く先代国王様の元を去ったのだとか。小箱はその時に先代国王様から賜ったものであると、女性は涙ながらに語ったそうですわ」

「何ていうか、嘘くさっ！　命の危険って……」

「エリー様……。ですが、何とも稚拙な物語のようなお話で……」

「その女性のお婆様は、その後身重の体でどうなさったのでしょう？」

「なんでもご実家には戻らずに、隠れるように片田舎で平民としてひっそりと暮らしていたらしいですわ。その後女性のお母様が結婚されて生まれたのが件の女性なわけですが

「……」

「何よ、リリ。もったいぶらないで早く教えて！」

エリザベスは完全に面白がっている。

リリアーナもであるが、ここにいる皆は女性の話を一切信用していない。

いや、信用していないというよりは、信じたくないというのが正しいかもしれない。

なぜなら現国王もであるが、先代国王もとても仲の良いご夫婦であったと広く知られているからだ。

「幸せは長くは続かずにお父様とお母様が次々と亡くなり、その後お婆様も亡くなって、養護施設に預けられたそうですわ。そこでは人間関係がうまく築けず、毎日辛い思いをされていたとか。そんなある日、村内で火災が発生したそうです。女性が持っていた小箱は唯一の形見だからと、燃え盛る炎の中から何とか持ち出すことに成功したようですの」

「ますます嘘くさっ！」

エリザベスが可笑しそうに笑ったが、リリアーナは眉尻を下げた。

「女性が語ったことがどこまで真実であるのか調査中ですので、まだ何とも申し上げられませんわ」

気持ち的には全て嘘であると思いたいけれど、精査せずに動いた結果、それが間違いであったとしたら……？

そうならないためにも、きちんとした調査は必要なのだ。

その結果、どのような真実が待っていようとも。

「なあ、その女性って今どうしているんだ？」

「王宮に滞在されていますわ。常に見張りの騎士達が監視をしておりますが」

「まあ、そうなるよね～」

　女性が語ったことが事実でなかったとしたら。王族を騙った大罪人として、即日処刑されるだろう。

　だがもし事実であったとすれば？　ザヴァンニ王国内の貴族達は、混乱すること必至である。

「そういえばクリス様の留学中に、東国の女性はパーティーで髪を帽子や船の形に結い上げると伺ったのですが、本当ですの？」

「ええ？　何それ。初めて聞いたんだけど」

　暗い話になってしまったので、クロエが気を利かせたのか違う話題を持ち出すと、エリザベスが驚きの声を上げた。

　クリスからその話を聞いたのは確か国王陛下の生誕祭の時で、言われてみればその場にエリザベスはいなかったことをリリアーナは思い出す。その場にいなかったのはイザベラもなのだが。

「東国ではそういった髪型が流行りですの？」

　エリザベスだけでなくイザベラの瞳も興味津々といったように輝いて見える。

　この二人は何だかんだと似ているところが多く、今ではとても仲が良い。

「確かにそのように髪を結い上げる方もいらっしゃいますわ。目立つことを優先する方達が競うように夜会の度に趣向を凝らされて」

「もしかしてカナリア様も？」

「いいえ、わたくしはせいぜい大きめの花の飾りをつけるくらいですわ」

「大きめって、どれくらいの大きさなの？」

「そうですわね……子どもの顔くらいと言ったらいいでしょうか？」

「それって、かなり大きいよね？」

「なかなかの大きさですわね」

　エリザベスの言葉をクロエがマイルドに言い直す。

「わたくしもそれが普通の感覚だと思いますわ。ですが東国の夜会では、それでも普通か地味になってしまいますのよ？　他国にわたくしの従姉妹がおりまして、学園の長期休暇の際によく遊びに行きましたから、東国の夜会の異常さは理解しておりますわ。……お恥ずかしい話、東国は男尊女卑の酷い国ですから、女性は派手に着飾ってお茶会や夜会に出掛けることによってストレスの発散をされている方が多いのです」

　だから今の状態を変えるのは難しいのだとカナリアは困ったように言った。

「でもさ、別に国内ならそれでも良くない？　さすがに他国の夜会にそのド派手な姿で出席するのはどうかと思うけど」

「確かにそうですわね」

「でしょ？　自分でそういう格好をするのはちょっと……いや、だいぶ無理だけど、正直言って東国の夜会を一度は見てみたいわ」

「エリーの言う通り、自国内でしたら他国に迷惑を掛けているわけでもありませんものね。私も機会があれば見てみたいですわ」

　リリアーナの言葉にクロエとイザベラも楽しそうに頷いている。

「では、もし東国にいらっしゃる時にはご招待致しますわ。バーシー家総出で歓迎……」

　カナリアの言葉にクリスが少しばかりムッとしたように被せて言った。

「いや、その頃にはカナリアはイェルタン家の一員になってるから」

　クリスのカナリアに対する溺愛ぶりに、皆がまた生暖かい目を向ける。

「仲がよろしくて何よりですわね。……そういえば、以前クリス様から頂いた『お手玉』なる遊び道具のことなのですが」

「ああ、よかった。ちゃんと届いたんだね」

「ええ、届きはしたのですが、何分お手紙の方には遊び方の記載がされておりませんでしたので……」

「え？　書いてなかったっけ？　ごめんごめん」

まさかの記載忘れという事実にクリスは慌てる。

「正しい遊び方が分かりませんでしたから、適当に遊んでみたのですが」

「ちなみにどんな風に遊んでみたのか聞いても？」

「ええ。これくらいの深めの箱を用意して、一番遠くから投げ入れた者が勝ちという遊び方をしてみましたの。合ってます？」

リリアーナは自らの手を少しだけ広げて大きさを表現した。

「あ〜、ごめん。それ全然違うわ。皆はジャグリングって見たことはあるかい？」

「確か、大道芸でよく見かける芸のことだったかと」

イザベラが少しだけ自信なさげに答える。

「そうそう。あんな感じで使うものなんだ。最初は二個から始めて、慣れてきたら三個、四個って増やしていく」

「まあ、そうだったんですね。どうしましょう、間違った遊び方を広めてしまいましたわ」

「ま、いいんじゃないか？　楽しければどっちでもさ」

リリアーナが困った顔をするも、クリスは楽しそうに答える。

「そうね、遊び方が重要なんじゃなくて、どう楽しむかが大切だもんね」

「そうそう、そういうこと」

和やかに楽しんでいたお茶会に、突如場違いな声が響く。

「わ～、こんなところがあったのね～」

皆の視線が一斉にそちらへと向いた。

キョロキョロと辺りを見回しつつ楽しそうに笑いながらこちらに向かってくるのは、ウィリアムとリリアーナの挙式に『扉バターン』した、女性である。

女性はなぜか胸元と背中がパックリと開いた夜会用ドレスを着用しており、しかもドレスを着慣れていないのか、裾をこれでもかとたくし上げてパタパタとまるで子どものように走っている。

その淑女としてとんでもなくはしたない姿に、皆が眉をひそめたい気持ちになるのをグッとこらえた。

ケヴィンを筆頭に護衛の騎士達は警戒心を深めつつ、様子を見ているようだ。

女性はリリアーナ達の元まで来ると、

「わぁ、美味しそう。私も一緒に食べていいかしら？　あ、私はアンジェラっていいます。よろしくね」

うふふと笑ったかと思えば、

「あ、これ美味しそう〜」

そう言って立ったままテーブルの上のお菓子に手を伸ばし、一つ手に取るとパクッと食べてしまったのだ。

これにはさすがに見ていられないと、皆の眉間に皺が寄った。

その段階になってようやく不穏な気配を察知したのか、

「な、何？」

ビクビクと怯えたような仕草をするが、どうもわざとらしく見える。

皆が無言でアンジェラを見ていると、バツが悪そうに「もういいわ」と言って踵を返したところで、ティアが抱っこしていたペットの毛玉を見つけたようだ。

「わぁ、可愛い〜」

言いながら駆け寄って毛玉へと手を伸ばすが、毛玉は急に出てきた手に驚いてアンジェラの手をカプッと噛んでしまった。

「きゃあ、痛いっ！」

アンジェラは大袈裟に叫びながらティアの腕の中にいる毛玉に手を振り上げたが、ケヴィンによってその手首を掴まれた。

リリアーナはテーブルに手をついて慌てたように立ち上がると、淑女の全速力で毛玉の元へ向かった。毛玉はティアの腕の中で切なげにキューーンキューーンと鳴いている。

「手は大丈夫ですか？」

リリアーナがアンジェラの噛まれた手を見れば、ほんの少し毛玉の歯の跡がある……かもしれない程度のもので、特に傷が出来ていたり赤くなったりはしていなかった。

甘噛み程度の強さだったようでリリアーナがホッとひと息つくと、アンジェラはいきなり両手で顔を覆ってなぜか、

「酷いわ！　私が噛まれたことを喜ぶなんて！」

と言いながら、わっと泣きだしてしまった。

リリアーナは意味が分からず困ったようにケヴィンに視線を向けると、何と表現すればいいのか、彼はまるで汚い虫ケラでも見るような目でアンジェラを見ていたのだ。

リリアーナの視線に気付いたのか、ケヴィンはニヤリと悪い笑みを浮かべて、アンジェラの耳元に顔を寄せると何かを囁いたように見えた。

その途端、アンジェラは両手を顔から離すとものすごい形相で、

「はぁ？　失礼ねっ！」

と叫んでケヴィンを睨み付けた。その顔には涙の痕跡はない。

「ほらな、嬢ちゃんが心配なんぞしなくたってピンピンしてるだろ」

ケヴィンは全く気にする様子もなく、クックッと笑う。

「ですが、たとえ驚いたからといって毛玉が噛みついたのは事実ですもの。念のため、後

ほどそちらのお部屋に医師を向かわせますわ」

医師の手配をアンリに頼もうと横を向くと、騎士二人がものすごい勢いでこちらに向かってくるのが見えた。

騎士達は両側から逃げられないようにアンジェラを拘束する。

「大変申し訳ございません。ずっと室内に閉じ込めておくわけにもいかず、一部区域のみ出入り自由としておりましたが、同行の私達を撒いて許可なく奥庭に来てしまい……」

「それはまあ、アクティブなお方ですのね。あなた方も大変でしょうけれど、気を付けてくださいませね」

「はっ！」

騎士は恭しく頭を下げると、何やら喚いているアンジェラを連れていった。

アンジェラの行動を『アクティブ』の一言で片づけたリリアーナにケヴィンがお腹を抱えて笑っているのは無視である。

リリアーナは小さく息を吐くと、アンリに医師の手配を頼み、毛玉をひと撫でしてから席に戻った。

「何だったの？　アレ」

エリザベスの言葉に皆が苦笑を浮かべたのは、彼女が『アレ』という言い方をした気持ちが分かるからだろう。

「……クライサ様とはまた違った怖さがありますわね」

　リリアーナが少し冷めてしまったハーブティーに口をつけてから思わずポロリと零した言葉に、イザベラ以外の皆の顔が引きつる。

「そのクライサ様とは、どんなお方なのですか？」

　不思議そうな顔で質問するイザベラに、皆は一様に困ったように眉を下げた。

　クライサとはクリスの元婚約者の名前であるが、目的のためなら手段を選ばないような女性であった。

　リリアーナとエリザベスとクロエの三人は彼女の奇行というか逆上した姿を目の当たりにしており、恐怖の対象として深く記憶に残っている。

　言わずもがな一番の被害者であるクリスはもちろんのこと、きっとカナリアも東国で彼女のやらかしを目にしたことがあるのだろう。

　イザベラの質問に答えたのはカナリアだった。

「クライサ様は、クリス様の元婚約者の方ですわ」

「元、婚約者……」

「ええ。彼女は東国の社交界でもとても苛烈……コホン。大変わがままな令嬢として有名なお方でした」

　言い直しても全くマイルドになっていないが、誰もそこにツッコミを入れない。

「クリス様が留学から戻られると直ぐに彼女との婚約破棄がなされ、わたくしと新たな婚約を結ぶことになったのです」

そう言ってカナリアは無意識にふぅと小さく息を吐き出した。

リリアーナには彼女がなぜか少し苦しそうに見えた。

「……カナリア様、何か胸につかえることがおありなら、溜め込まずに吐き出した方が楽になりますわ。ね？」

リリアーナの言葉にエリザベス達も同意とばかりに頷いた。

気のせいならばそれでいい。けれど小さな苦しみもずっと胸に抱えていれば負担となる。

カナリアは少し驚いたように目を見開いて、それから嬉しそうに「うふふ」と笑った。

「わたくしにまでそのように言ってくださり、とてもありがたいことですわ。クリス様は留学先で本当に素敵なご友人を得られましたのね」

クリスが照れたようにへらりと笑みを浮かべたのと反対に、カナリアの顔が曇っていく。

「……わたくし、クリス様にもクライサ様にも、本当に申し訳ないことをしてしまったと、思っておりますの」

苦しそうに吐き出したその言葉に、クリスは驚きに声を裏返しつつ「なんで⁉」と叫ぶ。

先ほどのカナリアに対するクリスの溺愛ぶりを目にしていた皆も驚きを隠せない。

「わたくしは、あなたのお兄様から婚約破棄を告げられた令嬢です。父が無理を言ってあなたの婚約者の挿げ替えを行ったことも存じております。わたくしは、そんな父の行いを知っていて、止めようとはしませんでした。本来ならば修道院へ入るのは、わたくしの方だったのに……」

カナリアは膝の上に重ねた己の手をギュッと握り、絞り出すように続けた。

「たとえ歪んだものであったとしても、クライサ様のクリス様に対する想いは本物であったのに……」

クリスは何か言おうと必死に口を開くが、うまく言葉が出てこずにパクパクと動くだけ。大事なところで何をやっているのだと、リリアーナは少し残念なものを見る目をクリスに向けた。

「私の目から見ても、クライサ様はクリス様をきちんと想っているように見えましたわ。ですが、あの方はやり方を間違えたのです。クリス様は物ではなく心を持った人間ですのよ？　婚約者ならば何をしても許されるわけではありませんもの。大切にすればよかったのに、そうしなかったのはクライサ様です」

リリアーナはギュッと握られたカナリアの手に自らの手を重ね、微笑んだ。

「先日お話ししたように、クリス様のとても長いお手紙の半分以上は、あなたとの惚気話でしたわ。それはクリス様がカナリア様を大切に想われているからで、カナリア様もまた、クリス様を大切に想われているのでしょう？」

カナリアはもちろんだと頷きながら、再び話しだした。

「……わたくしがローマン様に婚約破棄を告げられた時、彼はわたくしのことを『可愛げのないつまらない女』と仰いました。そんな言葉を投げつけられたのは初めてのことで、その時の彼に対する感情を言葉にするならば『怒り』でした。ですが……」

カナリアは言葉を詰まらせるも、落ち着かせるように胸に手を当てて数度深呼吸し、ゆっくりと語った。

「時間が経つにつれて、ローマン様の言葉がふとした瞬間に思い出されるのです。わたくしは、その、素直に言葉にすることが出来ず、ついキツい口調になってしまって……。改めようとは思っているのですが、なかなか出来なくて。家族や公爵家に長く仕える使用人達は、そんなわたくしのことを理解してくれております。ですが、全ての人に理解されているわけではありませんから、ローマン様のようにわたくしのことを可愛げのない女だと思う方は多いのかもしれません」

カナリアはしゅんと項垂れた。

「ん〜、そういうのって何て言うんだっけ？　え〜っと……そうそう、ツンデレ！」

思い出してスッキリしたのか、エリザベスの笑顔が眩しい。

「エリー様、そのツンデレとは何ですか？」

不思議そうな顔で質問するイザベラに、エリザベスが得意げに答える。

「ツンデレは普段はツンツン冷たい態度をとるんだけど、ふとした時にデレデレと甘える態度に変わる人のことを指したりするの。たとえば、褒められた時に素直に受け取らずにツンツンしてるんだけど、よく見たら耳が赤くなってて照れてるのを隠そうとしてたりとかね」

その言葉に皆の視線がカナリアへと向かった。

「な、何ですの⁉」

カナリアは羞恥に顔を赤くしながら精いっぱいの虚勢を張っている。

「見た？　今のがツンデレね」

エリザベスがニヤリと笑った。

皆がカナリアへ優しく微笑んでおり、恥ずかしさが極限まできたのかカナリアの瞳が潤んでいる。

「ああ、もう！　その顔は俺以外の奴の前でするの禁止だから‼」

あまりの可愛さにもう耐えられないとばかりにクリスがカナリアを抱き込んだ。

お陰でカナリアの可愛らしい表情が見えなくなってしまい、皆から不満の声が上がる。

「ちょっと、クリス様？　カナリア様の可愛らしい姿を独り占めなんてズルいですわ」

「そうですわ。私達にも堪能させてくださいませ」

「絶対にダメだからっ！　カナリアの可愛い姿は俺だけが知っていればいいんだ！」

『可愛げがないつまらない女』と言われて傷付いたカナリアの心が、ゆっくりと癒され始めた瞬間であった。

どんなに直そうと思っても直せずにいた自分を否定せずに認めてもらえたことで、クリスの腕の中で曇りのない笑みを見せたカナリアだったが、残念ながら誰もそれを見ることは叶わなかった。

そして裏庭には楽しそうな笑い声が、まだしばらくの間続くのであった。

幕間◈私はヒロイン

「お母さん、それなぁに？」

ある日、子どものアンは母親がそれまでに見たこともないような綺麗な小箱を手にしているのを目にする。

母親はにこりと笑って、小箱を見せてくれた。

「これはね、私のお母さん。つまりアンのお婆ちゃまが高貴な方から頂いた、記念の品なのよ」

「へ～、きれい……」

母親は他にも何か言っていたが、小箱を夢中になって見ていたアンの耳には何も入ってこなかった。

この時にキチンと母親の話を聞いていれば、あのような事件を起こさずに済んだのだろうか……？　いや、きっと未来は変わらなかったに違いない。

母はそれ以来小箱を見せてくれることはなく、隠すように大事にしまっていた。

アンジェラの本当の名前はアンという。母リンジーと父ジェイクの娘としてこの世に生を享けた。

母親譲りのフワフワなピンクブラウンの髪と、父親譲りの少し垂れ気味の大きなグレーの瞳。

アンは村でも評判のとびきり可愛らしい容姿のことは気に入っていたが、自分の平凡な名前は好きではなかったため、村の皆に『アンジェラ』と呼ばせていた。

いつか王子様が迎えに来てくれると信じているアンのことを、村人達は何とも夢見がちな子どもだと思っていた。

幼い頃はそんなところも可愛らしいと微笑ましく見られていたが、いつしかアンは『夢見がち』という言葉ではおさまらない、思い込みが激しい妄想癖の傾向が強い女性へと変貌を遂げていく。

ザヴァンニ王国の結婚適齢期は貴族も平民も等しく十四～十八歳であり、どんなに遅くても二十歳を過ぎてしまえば嫁ぎ遅れの烙印を押されてしまう。

特にアンの住むような田舎の村などでは十五、六歳で嫁ぐのが当たり前だが、アンは十九歳になってもいまだ独身であった。

可愛らしい容姿故に過去に求婚されたことは多々あったのだが、その度に「運命の出会いが待っている」や「私だけの王子様が迎えに来てくれるはず」などの痛い発言を繰り返した結果。

当然と言えば当然だが、アンに求婚する村人は誰一人としていなくなってしまったのだ。

適齢期の娘達はアン以外の全員が結婚しており、アンと同い年の者には皆子どもが生まれている。

村でただ一人の独身女性。その事実が、更にプライドの高いアンの妄想癖を加速させていくのだった。


ある日辺境伯領へ向かう行商人達が、水と食糧補給のために村へと立ち寄った。

たとえ嫁ぎ遅れではあっても、アンが村一番の器量好しであることには変わりない。

「おう、アンちゃんは変わらず別嬪さんだねぇ」

「ほんと、こんな村にはもったいないよなぁ」

村で唯一の宿屋兼食堂で働くアンに行商人達はあれこれと声を掛けていく。

「煽てても何も出ないわよ？」

「うふふ」と笑ってそう言えば、男達は皆目尻を下げて耳に心地よい言葉を次々と口にしながら、色々なお土産をくれるのだ。

「アンちゃん、これ土産だ」

そう言って渡されたのは、新聞紙でぐるぐる巻きにされた何か。

「ノードさん、いつもありがとう。何かしら？　開けてもいい？」

「おうよ」

許可を取ったので新聞紙を外していく。

一番内側の新聞紙に手を掛けた時、ふとそこに載っている図柄がどこかで見たことがあるような気がした。

読み書きが出来ないので、それが何の記事の図柄なのかは分からない。

「この模様って……」

アンがポツリと呟くと、それに気付いたノードが答えてくれた。

「模様？　ああ、それはこの国の王家の紋章だ。……こいつは王太子殿下の婚約者が決まった時の新聞か。結婚式はまだまだ先の話だと思っていたが、もう来月に迫ってるんだからなぁ。ほんと月日の経つのは早ぇや」

「だなぁ」

ノードに同意するように、他の行商人達も「あはは」と笑った。

どこで見たのかは思い出せなかったが何だか無性に気になって、アンは王家の紋章の載った新聞紙だけを小さく畳むと、誰にも気付かれぬようそっとポケットに入れた。

ノードのお土産は、液体が入った瓶だった。

「お酒？」

「ああ、前にアンちゃんが飲んでみたいって言ってた酒だ」

アンは特にお酒が好きというわけでもなく、以前適当に言った言葉をノードは覚えていてくれたらしい。

（どうせなら髪留めやアクセサリーをお土産に買ってきてくれた方が良かったのに）

そんな風に思いつつも顔には出さず、ニッコリと笑う。

「うわぁ、覚えていてくれたのね、嬉しい。ノードさん、ありがとう！　……そうだ、せっかくだからノードさんと一緒に飲みたいわ。今開けちゃってもいい？」

家に持って帰るのも面倒だし、ここで飲んで（飲ませて）しまえば持ち帰らずに済むだろうとほくそ笑む。

「え？　まぁ、構わねぇけど……」

一緒に飲みたいという言葉にノードは満更でもない顔をしている。

「ありがとう」

アンはグラスを二つ持ってくると、早速それにお土産にもらったお酒を注いだ。

……前々からノードが自分に気があることには、気付いていた。

とはいえ、村の男達よりも稼ぎがあるのはいいとして、見た目がアンの好みではないのだ。

決して醜いわけではないが、どこにでもいるような極々普通の容姿のノードには興味が持てなかった。

自分に相応しいのは、もっとキラキラした美しい男でないと。

こうして時折村を訪れる度にノードは何かしらのお土産を持ってきてくれるので、そのために愛想良くしているだけに過ぎない。

(次はどんなお土産を持ってきてくれるのかしら?)

アンのノードに対する思いはそれだけだ。

ノードや他の客を交えて楽しくお酒を飲みつつ、時々注文を取りに行ったりつまみを運んだりしているうちに、あっという間に店を閉める時間になっていた。

夜は酒場へと変わる食堂は宿屋も兼ねているため、夜更け前には店を閉めてしまう。

アンは店の扉をしっかりと施錠すると、宿屋の主人に挨拶をして裏口から出て帰路についた。

宿屋から家までは徒歩で十分ほどの距離だが、中間あたりまで来た時、王家の紋章のような図柄をどこで見たのかをアンは思い出す。

「そうだ、あれは子どもの時に母さんが見せてくれた……」

アンはポケットに手を入れ、王家の紋章が載った新聞があることを確認し、家路を急いだ。

「確かここに……あ、あったあった、これだわ」

両親が眠っていることをしっかりと確認してからダイニングへこっそり入り、ゴソゴソと棚の奥から小箱を取り出すと、テーブルにコトリと小さな音を立てて置いた。

子どもの頃に小箱を見せてもらった時、母親がこの棚の奥に隠すようにしまったのを何となく覚えていた。あの時に見入った綺麗な小箱を、久しぶりにジッと見つめる。

「やっぱり似てる気がする」

アンは信じられない気持ちで、小さく折りたたんだ新聞を広げていく。

二つをじっくり見比べてみるが、どう見てもそれは同じものに思えた。

（何で『王家の紋章』のついた小箱が、うちみたいなドのつくほどの田舎の家にあるの？）

普通に考えれば王族と平民との接点なんてあり得ない。なんせ雲の上の存在なのだから。だが目の前にあるこの小箱が、そのあり得ないことがあったのだと証明している。

だとしたら、一体王家とどんな接点があったというのか？

……そういえば小箱を見せてもらった時に、母親が何やらアンの祖母が高貴な方から頂いたと言っていたような……？

その高貴な方というのが王族の誰かだったのだろうか？

アンは胸の前で腕を組んで目を瞑り『う～ん』と唸りながら考える。

あれこれと考えながら、思いついたある一つの可能性に目をカッと見開いた。

（もしかして、私には高貴な血が流れているとか？　……そうよ、きっとそうなんだわ！　私はこんな辺境の村にいるような人間じゃなかったんだわ！　だって私は皆と違ってこんなにも可愛いんだもの!!）

高価なドレスを着て大勢の使用人に傅かれ、皆の羨望の眼差しの中で素敵な王子様とダンスを踊る己の姿を想像し、アンの口角はこれ以上ないほどに上がっていく。

誰もが一笑に付してしまうような想像も、思い込みの激しいアンの中ではそれが真実として上書きされていった。

「高貴な血が流れている私には、こんな田舎暮らしが合うはずなんてなかったんだわ。物語のヒロインはいつだって虐げられた生活から這い上がって、めでたしめでたしで終わるのよ」

そう呟いて、アンはテーブルに置かれた小箱を大事に抱えた。

「小箱を持って王都に行きましょう。今までこんな田舎で苦労した分、幸せな生活が待っているんだわ！　うふふふふ」

実際は虐げられてなどいなかったし大した苦労などしていないはずだが、彼女の中ではそういうことになってしまったらしい。

急ぎ部屋に戻り旅支度を済ませると、家族にも何も言わずに朝一番の乗合馬車に乗り、まずはここより少しだけ大きな町へと向かった。

村からは直接王都へ向かう馬車が出ていないためである。

乗合馬車はたくさんの荷物と人を乗せているため、貴族が乗るような馬車とは違い非常にゆっくりと進む。人が歩く速度よりも少し速いくらいなので、王都へ着くまでにはひと月近く掛かってしまうのだ。

それまでに掛かる宿泊代や食費はアンが今までに働いて貯めたお金でも、節約しながらでギリギリ王都に行けるといったところか。

本来ならばそんな無茶な旅はしないけれど、王都にさえ着いてしまえば、後は小箱を見せるだけでこれまでとは全く違う夢のような生活が待っている（はず）。

（――ああ、早く王都に着かないかしら）

アンは逸る胸のときめきを抑えつつ、まだまだ見えぬ王都のある方向へと視線を向けた。

カチャカチャカチャカチャカチャ……。
ガシャン！
「あ！」
手からナイフがツルリと滑り、お皿の端にぶつかるとそのまま床に落ちていく。

部屋で一人食事を摂るアンジェラは、慣れない食事のマナーに苦戦していた。

落ちたナイフを拾ってテーブルの上に置けば、室内にいる使用人達があり得ないものを見るように眉をひそめる。

それに気付いたアンジェラは自分がバカにされていると理解し、憤慨した。

（何よっ！　言いたいことがあるなら堂々と言えばいいじゃない。ホントここの人達ってば、感じが悪いったらないんだから）

王宮で働く女性は、下働きの者以外のほとんどが行儀見習いの貴族令嬢である。

そんな令嬢達からしてみれば、最低限のマナーすら出来ていないアンジェラの行動全てが異質なものに見えているのだけれど。

そんなことは知らないアンジェラは、『可愛い私に嫉妬している者達』といった風に都合良く脳内で変換し、悲劇のヒロインである自分に酔いしれた。


――王都に着いたあの日。

あからさまなお祭り騒ぎに驚いてすぐ側にいた老人に何事かと訊ねてみれば、「あの大聖堂で王子様の結婚式が行われているんだ」と教えてくれた。

（あそこに王子様がいるのね！）

夢にまで見た本物の王子様がすぐ近くにいるということに、アンジェラのテンションはこれ以上ないほどに上がる。

（ヒロインはこの私。ということは、王子様の花嫁は私のはずよ。待っていてね、王子様！　今すぐあなたの元へこのアンジェラが参ります！）

　そうして突撃した大聖堂で騎士達に拘束され、どこかの小汚い部屋に連れていかれ、尋問を受けた。その際に持っていたあの小箱を差し出し、涙ながらに自分の出生の秘密を熱く語ったのだ。

　村から王都に着くまでの約ひと月。

　馬車と安宿の中でただひたすら妄想を重ね、いつしかアンジェラの中では悲劇のヒロインである自分が王族の一員となって幸せを掴む、壮大なサクセスストーリーが出来上がっていた。

　まず祖母と先代国王が愛し合った結果、アンジェラの母を身籠るところから始まる。

　身籠った祖母は命を狙われることになり、お腹の子どもを守るために泣く泣く先代国王に別れを告げた。その時にあの小箱を贈られるのだ。『これを私だと思って……』と。

（なかなかに泣かせるストーリーよね、ふふふ）

　そして母が生まれ、貧しいながらも穏やかに暮らし、成人した母が結婚をして生まれたのが私である。

　けれども幸せは長くは続かない。

まず父が病に倒れ、帰らぬ人となった。

それを悲しんだ母も日に日に弱り、後を追うように亡くなった。

祖母がアンジェラの面倒を見ながら身を粉にして働いたが、無理がたたって体を壊し、アンジェラを一人残して亡くなった。

そうして身寄りのなくなったアンジェラは養護施設で保護されたのだが、そこではうまく人間関係を築くことが出来ず、孤独な心は癒されないまま、施設のために結婚もせずに働き続けた。

アンジェラは行商人のノードから、王都に向かうひと月ほど前に火事で小さな村が一つ消えたという話を聞いていた。

その村の出身であることにして、唯一の形見となる小箱を、燃え盛る炎の中から何とか持ち出すことに成功するのだ。

そしてその小箱を持って、アンジェラは王都へと旅立つ。

（うん、完璧じゃない！）

何度も何度も自分で作り上げた物語を妄想し続けることで、それはアンジェラの中で真実となった。

――話の途中、騎士の一人がその小箱が本物かどうかの確認に出ていき、しばらくして戻ってきた彼は難しい顔をしていた。

「この小箱は、本物でした」

『どうせ偽物だろう』と思いながら念のためと確認したものの、まさかの本物であったという驚きの事実に困惑の表情を浮かべる騎士の面々。

アンジェラは彼らに気付かれぬよう、これから訪れるであろう輝かしい未来を信じてそっとほくそ笑んだ。

(ほら、やっぱり私には尊い血が流れているのよ！)

それから少しして案内されたのは、王宮内にある部屋だった。

信じられないくらいに広くて綺麗な部屋に、とんでもなくテンションが上がる。

ベッドは大きいし、ふかふかだし、家具も見たことがないような高価そうでお洒落なものばかり。

(そうそう、これよ、これなのよ！　私が求めていたもの全てが王宮にある!!)

アンジェラはパタパタと足音を立ててベッドへ駆け寄ると、勢いよくダイブした。

うつ伏せからコロンと仰向けになり、高い天井を見上げる。

「ついにここまで来たんだわ」

村を出てからここに来るまでの約ひと月。

「長かった……」

絞り出すように呟いた後、アンジェラはうふふと笑った。

アンジェラに宛てがわれたのは特別な部屋でも何でもなく、監視がしやすい角に位置するただの客間であったのだが、彼女がそれを知ることはない。


アンジェラは落としてしまったナイフの代わりに新しく出されたナイフを使い、またカチャカチャと音を立ててステーキを切っていく。

(味はいいとしても、毎回細かく切らなきゃいけないなんて面倒くさいわ)

はぁ、と大きな溜息をつく。

「最初から食べやすい大きさに切って出せばいいじゃない」

思わず心の声が口から出てしまっていた。

「……そうよ、そうだわ。ねえ、あなた。次から一口大にカットして持ってくるように料理長に言ってちょうだい」

アンジェラはいいことを言ったとばかりにご機嫌に食事を再開するも、彼女の言葉を耳にした使用人は開いた口が塞がらない。

(お皿の上でナイフを使えば音が出るのは当たり前だわ。こんな面倒なもの、最初から一口大にカットして出してもらえば使わずに済むじゃない。私ってば、天才だわ！)

自分勝手に振る舞うアンジェラに強い嫌悪感を抱く使用人達であったが、当の本人はどこ吹く風で全く気にも留めていない。

──そして三日が過ぎ。アンジェラはこの部屋に案内されてからずっと閉じ込められており、暇を持て余していた。

使用人に暇だと言えば何かの本を持ってきてはくれたが、字が読めないと言うとバカにするような目で見られた（気がした）。

苛立ちを抑えながら他にないのか聞いてみれば「刺繍の道具をお持ちしましょうか？」と言われ、刺繍なんてしないと言えば「ではお茶をお持ちします」と告げて部屋をそそくさと出ていこうとしている。

ここの使用人達が自分を良く思っていないことは知っているが、アンジェラだって使用人達を良く思ってなどいない。

何なら皆、意地の悪い者ばかりだと思っている。

けれど王子様達ならきっと優しくしてくれるに違いない。

「ねえ、一人で食べるのは寂しいから、王子様達と一緒に食べるのはダメかしら？」

そう尋ねると、

「せめて完璧なマナーを身につけてから仰ってください」

とペシリと言われてしまった。

（そもそも完璧なマナーって、何よ。そんなの知らないわよ！）

見たこともないような広くて綺麗な部屋や手触りのいいお洒落なワンピース達に浮かれ

ていたのは三日まで。特にすることもないままにずっと部屋に閉じ込められて、暇すぎて死にそうだ。

それにお茶ばっかり持ってこられても、水分とお菓子でお腹が膨れるだけで暇なことには変わりない。……楽しい話が出来る相手がいれば別だけれど。

王宮に来てすでに五日ほどが過ぎ、アンジェラはぼんやりと窓の外を眺めていた。

遠目に自分のワンピースとは違う、華やかな格好をした貴族の令嬢らしき女性の姿が見えた。

昔絵本で見たお姫様の格好とは少し違って、袖が長く肌の露出の少ないドレスではあったが、もしかしたらそれが今の貴族の流行りなのだろうか？

――いや、そんなことはどうでもいい。クローゼットの中にあるワンピースも素敵だけれど、やはりドレスを着たいのだ。『思い立ったら即行動』なアンジェラは、すぐに使用人を呼んだ。

「ドレスが着たいわ」

しかし彼女が持ってきたのは何とも地味なドレスだった。

「違うわ！　こういうのではなくて、もっと煌びやかなのがあるでしょう？　ほら、パーティーなんかで皆が着てるじゃない」

アンジェラがそう言うと、使用人は『何言ってるの、コイツ？』といった風に小バカにした表情を浮かべた（ように見えた）。

他の使用人もだが、この使用人は特にいちいちアンジェラを見下すような態度が鼻につく。

「別にパーティーじゃないと着ちゃダメだなんて決まりはないでしょ！　ずっとこの部屋に閉じ込められているんだから、ドレスくらい着たって罰は当たらないでしょう？」

（そうよ、少しくらいは楽しいことがないとやってられないわ）

使用人が「確認してきます」と言い、部屋を出ていく。

（誰に確認するのか知らないけど、ドレスを着させるくらい自分で判断出来ないわけ？ほんと、王宮の使用人の癖に使えないんだから）

アンジェラは心の中で悪態をついた。

しばらくして使用人はドレスとコルセットを持ち、初めて目にする使用人を一人連れて戻ってきた。

「そうそう、こういうドレスよ！」

姿見の前に行きドレスを体に当ててみる。

絵本にあったような袖がない胸と背中側が大きく開いたドレスに、思わずご機嫌でクルクルと回ってみれば、ドレスの裾がふわりと揺れる。

アンジェラは手にしたドレスを着て素敵な王子様とダンスする姿を想像して満面の笑みを浮かべたが、よくよく姿見を見てみると、自分にはこのドレスは少し細すぎるのではないかと思った。

「でもこれ……ちょっと細すぎない？」

アンジェラは思わず顔を顰める。

（入るかな？　でも入ったとして、パッツンパッツンだとカッコ悪くない？）

思ったことがそのまま声に出ていることには気付かない。

そんなアンジェラに初めて目にした方の使用人が、

「パーティー用ドレスはコルセットで締めてから着用するものですので」

と無表情で冷たく言い放った。この使用人もアンジェラを良く思っていないらしい。

「ふぅ～ん」

アンジェラはドレスが着られるのなら使用人達にどう思われようがどうでもいいとばかりに、適当に返した。

そんなアンジェラの態度が面白くなかったのかどうかは分からないが、ドレスを着用する前のコルセットをこれでもかと締め上げる使用人二人。

初めてのコルセットに思わず「ぐぎぎぎぎ……」と変な声が口から漏れた。

「も、もっと楽に着られるドレスはないの!?」

こんなに締め上げたら口から内臓が飛び出してしまうと思わず弱音を吐いてみるが、

「これでもゆったりめのドレスを選んでおります。これ以上のものですと、オーダーするしかありません」

と言われてしまった。

アンジェラは、だったらさっさと作ってくれたらいいのに、と思う。

「じゃあ、オーダーしてよ」

「オーダーですと、出来上がるまでに最低でも三カ月は掛かるかと」

「はぁ？　何でそんなに掛かるの？」

「近く社交シーズンの最盛期に入ります。それに合わせて皆様がドレスを何着も新調なさるので、仕立て屋にとって今が一番忙しい時期なのです」

仕立て屋の忙しい時期なんて、知らないわよ。

私は近く王族の一員として、華々しくその社交とやらのパーティーへ出席するの。

その時に着るドレスがないなんてこと、あってはいけないのよ！

「だったら王族の名前を出せばいいじゃない」

とにかく急いで作ってもらわないと。そう言おうと口を開きかけたところで、

「そもそもパーティー用ドレスの着用にはコルセットは必須です。お辛いようでしたら通常用のドレスをお持ちしますが？」

またあの無表情な使用人が冷たく言い放った。

ここで何か言おうものなら、きっと目の前のドレスを着ることは出来なさそうだ。

悔しいけれど、私はどうしてもこのドレスが着たい。だから仕方なく、そのままコルセットを締めるようお願いする。

ひたすらきつく締められていくコルセットに耐えている間に、ドレスのオーダーのことはすっかり忘れてしまった。

そしてようやくドレスを着せてもらった時の感動をどう言葉にしたらいいのか。

姿見に映る自分の姿に、

（お姫様みたい……）

そう思ったのと同時に、この姿を誰かに見せたいという欲求がアンジェラの中で泉のようにこんこんと湧き出てきた。

「それでは失礼致します」

そそくさと部屋を出ようとした使用人二人を、アンジェラは慌てて引き止めた。

「ちょっと待って。少し散歩でもしたいんだけど」

とにかくこの部屋から出ないことには、美しいドレス姿を誰にも見てもらえない。

「……は？　そのお姿で、ですか？」

何だか使用人の二人が呆れたような視線を向けてくる（気がする）。

「そうよ、悪い？」

この姿だから外に出たいのだ。

美しく着飾るアンジェラを目にして女性は羨望の眼差しを、男性は恋慕の眼差しを向けるに違いない。アンジェラは本気でそう思っていた。

「確認して参ります」

そう言って一人は部屋を出て、一人は残って扉の横に黙って待機している。

戻ってくるまでに特にやることもないので、とりあえずいつものようにソファーに座ろうとしたところ、またあの無表情と淡々とした言い方で注意された。

「ドレスが皺になりますので、ゆっくりと気を付けてお座りください」

広い部屋ではあるけれど、この使用人と二人だと思うと息が詰まる。

もう少し何とかならないものかと小さく息を吐いて、言われた通りにそうっとソファーに腰掛けた。

……長い沈黙が続く。

いい加減辟易したところで、ようやく確認に出ていた使用人が戻ってきた。

使用人曰く、

「この客間周辺エリアのみ、騎士の同行必須にはなりますが許可が下りました」

とのこと。

（この部屋周辺エリアって、どこまでよ。王宮の中を自由に出歩いたらダメなの？）

とはいえ、少しでも文句を言おうものなら客間周辺エリアですらも出させてもらえなさそうな雰囲気に、アンジェラは仕方なく同意した。

「今日はそれで我慢するわ」

範囲は制限されたけれど、やっと部屋を出られるのだ。

美しく着飾った姿を見てもらえる！　アンジェラは見張りの騎士二人を連れて、意気揚々と扉を開けて部屋を出た。


「え？　外には出られないの？」

同行しているオジサン騎士の言葉に信じられない思いで確認した。

客間周辺エリアを一通り歩いてみたが、そこに屋外は含まれてはいなかった。

しかも現在客間を使用しているのはアンジェラのみのため、誰一人としてすれ違う者がいない。いや、数人の使用人とはすれ違ったが、使用人は数にカウントしていない。

これでは美しく着飾った姿を誰にも見てもらえないではないか。何のために苦しい思いをしてまでコルセットをつけたのか。

（……このオジサン達さえいなければ、外に出て皆に見てもらえるのに！）

何とかしてこのオジサン達から逃れる方法はないものか。アンジェラは必死に考える。

そこまでしても、この姿を使用人やこのオジサン達以外の誰かに見てもらいたかった。

いや、見せつけたかったのだ。己の自尊心を満足させるために。

ふと廊下の所々に飾られているお高そうな花瓶を見て、『これを壊せばオジサン達はそちらに意識がいって何とか抜け出せるのでは？』と思ったアンジェラ。

思い立ったら即行動な彼女は不審がられない程度に花瓶に近付くと、わざとドレスの裾を踏んでよろけてみせた。

「きゃあ～」

気の抜けた悲鳴を上げて、花瓶の方へ狙いを定めて手を伸ばす。

指先が花瓶に当たり、ガシャーンと大きな音を立ててそれは割れた。

アンジェラは心の中で『よしっ！』と拳を握りながら、

「どうしましょう、花瓶が割れてしまったわ……」

座り込んだ状態で、オロオロと困っている姿を演じた。

「怪我は？」

「ありません。ですが花瓶が……」

悲しそうに見えるよう、少し俯きながら弱々しく答える。

騎士の一人が小さく息を吐いて、もう一人に指示を出した。

「仕方がない。おい、誰か呼んでここを片付けさせてくれ」

「分かった。すぐに戻る」

そう言って颯爽と駆けていく。これで残る騎士は目の前の一人だけ。

アンジェラは騎士に見えないようにニヤリと嗤った。

「手を」

騎士がアンジェラに立ち上がるよう手を差し伸べる。

「ありがとうございます」

そう言って騎士の手に重ねるように見せかけて……アンジェラは彼の手首を摑むと思い切り引っ張った。

「うわっ！」

急に引っ張られた騎士は体勢を崩して膝をつき、その隙にアンジェラは素早く立ち上がると駆け出した。

「待てっ！」

騎士も急ぎ立ち上がって追い掛けるが、田舎育ちのアンジェラはドレスを纏っているにもかかわらず、とんでもなく逃げ足が速かった。

柱の陰に隠れて騎士をやり過ごし、アンジェラは走って外に出る。

するとそこは、青々と茂った植物と色とりどりの大輪の花が咲き誇る美しい庭園だった。

あまりの美しさにもっとゆっくり見ていたいところではあるが、今は騎士から逃げている最中であり、それどころではないのだ。

「よし！」と気合を入れて走りだすも、屋外に出たせいでフワフワと風に揺れるドレスの裾が足に纏わりついて、走りにくいことこの上ない。

「もう、動きにくいわね」

アンジェラは仕方なくスカートをたくし上げると、目立たぬよう建物の裏側に向かった。角を曲がった辺りで楽しそうな笑い声が聞こえてくる。

視界に映るそこは先ほどの庭園ほどの華やかさはないけれど、可愛らしい小花が咲き誇り、池の畔(ほとり)には白いこぢんまりとした四阿(あずまや)が建っていた。

どうやら笑い声は、その四阿にいる女性達（一人だけ男性もいる）のものだったようだ。女性達は袖が長く肌の露出が少ないドレスを身に纏っており、些(いささ)か地味だが、品が良さそうな『いかにも貴族のお嬢様(じょうさま)』といった感じである。

（ちょうどいいわ。まずは彼女達に私のこの姿を見てもらいましょう。そして私のお友達になってもらえば、この退屈(たいくつ)な生活も少しは楽しくなるはずだわ！）

アンジェラは進行方向を四阿に変えた。

途中ちょっとチャラそうだけれどカッコいい騎士がいるのに気付いて自分を捕(つか)まえに来たのかと思ったが、追い掛けてくる様子がないのでそのまま四阿に向かって走り続ける。

「若くてカッコいい騎士もいるんじゃない！　やっぱりあんなオジサンじゃなくて、もっとカッコいい騎士にチェンジしてもらうように言わなきゃ」

　欲望駄々洩れの台詞を呟いていた。

「わ〜、こんなところがあったのね〜」

　アンジェラが四阿へ辿り着くと、そこにいた皆が無言でこちらを凝視していた。

（きっと私のドレス姿に見惚れているんだわ）

　気を良くしたアンジェラはテーブルの上に並ぶお菓子に目をやった。

　明らかに自分の部屋に使用人が持ってくる菓子とは違い、高級そうだ。

（この人達と仲良くなれば、私もこのお菓子を食べてもいいのよね？）

　早速お友達になるべく、明るく声を掛ける。

「わぁ、美味しそう。私も一緒に食べていいかしら？　あ、私はアンジェラっていいます。よろしくね」

　せっかくの挨拶にも誰も反応しないので、

「あ、これ美味しそう〜」

　と、テーブルの上のお菓子に手を伸ばし、そのうちの一つを手に取ってパクッと食べる。

――うん、美味しい。いつも使用人が持ってくるお菓子も美味しいけれど、このお菓子はもっともっと美味しい。

　ご機嫌で咀嚼していると、何やら令嬢達の様子がおかしいことにアンジェラは気付いた。どう見ても、令嬢達が自分に向ける視線は好意的なものには見えない。

とてもじゃないが、仲良くなれる雰囲気ではなかった。

(もしかして、可愛い私に嫉妬してるとか?)

自己肯定感と妄想力が強すぎるアンジェラはどこまでも止まらない。

ふと令嬢達の中に一人だけいる、ザヴァンニ王国では珍しい黒髪黒目のあっさり顔をした男性と目が合った。

着ているものや醸し出す雰囲気からして育ちは良さそうだが、特別カッコいいわけでもカッコ悪いわけでもない。

だがお茶会に一人だけ参加している男性ということは……。もしかして令嬢達はこの男性を取り合っているのではないか? 彼の気を引こうと頑張ってる最中だったのでは?

こうしてアンジェラの中で、目の前にいる男女は複雑な関係を築いている人達と勝手に認定された。

(きっと可憐な私がいると、お嬢様達はこの男性にちやほやしてもらえなくなると思っているのね。でも彼は私のタイプではないから、そんな心配は無用なのに……。とはいえ、こんな風に冷たい視線を向けられるのは面白くないわ。だから、私があなた達の大好きな彼の心を奪ってあげる。うふふ)

アンジェラは自分の可愛らしい容姿を最大限に活かすよう、庇護欲をそそるような弱々しい姿を演じる。

「な、何？」

　今まではこうしてビクビクと怯えたような仕草をすれば、睨まれて怯えているのだと勝手に誤解して誰かしらが助けてくれた。だから――。

（ほら、早くお嬢様達の前で優しい言葉を掛けてよ。そしたらきっと、皆は醜い嫉妬心むき出しの顔で私のことを仇のように睨んでくるはず。そこで私が「怖い……」と言ってあなた達が大好きな彼に縋ってあげるの。ふふふ）

　――まさか男性が声を掛けてこないどころか、全く自分に興味を持たないだなんて思いもしなかった。皆がアンジェラを無表情で見ている。

　沈黙が続く。

（こんなはずじゃなかったのに。どうして彼は声を掛けてこないのよ！）

　バツが悪くなって、「もういいわ」と踵を返したところで、少し先にいつも部屋に来る使用人と似た格好をした女性が、真っ白でフワフワしたぬいぐるみのような子犬を抱っこしていることに気付いた。

「わぁ、可愛い～」

　アンジェラは動物が好きだった。残念ながら、懐かれたことはないけれど。

　思わず駆け寄って、子犬へと手を伸ばした次の瞬間。

その子犬はアンジェラの手に噛みついてきた。

「きゃあ、痛いっ！」

本当はそこまで痛いわけではなかったのだが、驚いて声を上げてしまったのだ。

男性に無視されたことにムシャクシャしていたアンジェラは、イライラして子犬に向かって手を振り上げる。

……が、その手が振り下ろされることはなかった。

なぜなら、アンジェラの腕を先ほど目にしたちょっとチャラそうなイケメンの騎士が摑んでいたから。

四阿にいた女性の一人がテーブルに手をついて慌てたように立ち上がり、こちらに向かってくる。

その間、子犬は使用人の腕の中で切なげにキューンキューンと鳴いている。

噛まれて痛い思いをしたのはこっちの方なのに、とアンジェラは忌々しそうに子犬を睨み付けた。

「手は大丈夫ですか？」

アンジェラはいつの間にか近付いて声を掛けてきた小柄な女性に視線を向ける。

……どこかで見たことあったかしら？　見覚えがあるような、ないような。

小首を傾げていれば、騎士が摑んでいたアンジェラの腕をそのままズイッとその小柄な女性に見せるように前に出す。

アンジェラの手には歯の跡……かもしれない程度の跡が残っているくらいで、特に傷が出来ていたり赤くなったりはしていなかったが、女性がホッとひと息ついたことがアンジェラは気に入らなかった。

アンジェラは騎士の手を振り払うと両手で顔を覆い、

「酷いわ！　私が噛まれたことを喜ぶなんて！」

そう言って泣いた振りをする。

これでこの女性は悪者になるだろう。そして可哀想なアンジェラに、皆が手を差し伸べるのだ。

今まではこうすれば男性は皆アンジェラの味方だった。その代わり、女性の友達は一人もいなかったが。

（ほら、さっさとこの女性に非難の声を浴びせてやって！）

けれどいくら待っても女性への非難の声など聞こえない。

不思議に思って指の隙間から周囲の様子を見ようとした時。

「アンタさ、いい歳して構ってちゃんとかうぜぇよ」

アンジェラにだけ聞こえるような小声で騎士がそう言うのが聞こえた。

ついカッとなって両手を顔から離し、睨み付ける。

「はぁ？　失礼ねっ！」

騎士はクックッと笑いながら女性の方を向いて、

「ほらな、嬢ちゃんが心配なんぞしなくたってピンピンしてるだろ」

ですって。本当に、なんて失礼な奴っ！

「ですが、たとえ驚いたからといって毛玉が噛みついたのは事実ですもの。念のため、後ほどそちらのお部屋に医師を向かわせますわ」

医師なんか要らないと口を開きかけた時、撒いたはずのオジサン騎士二人が鬼の形相でこちらに駆けてくるのが見えた。

慌てて逃げようとしたアンジェラの前にチャラチャラそうな騎士が立ちはだかったせいで逃げることは叶わず、オジサン騎士二人に両腕を掴まれて部屋まで連行されたのである。

(――何なの？　アイツ。騎士の癖にチャラチャラしちゃって。ほんとムカつく！)

第4章　それぞれの出来ること

「あの娘、怪我なんぞしとらんよ」

王宮医師のエマが面倒くさそうにそう言って、カップの紅茶に口をつける。

「うん、美味いねぇ」

途端にその面倒くさそうな表情が一転し、にこやかな笑みへと変わった。

「ありがとうございます」

モリーは淡々としながらも、その口角はほんの少しだけ上がっている。

彼女のお茶を美味しく淹れる腕は、ヴィリアーズ家でも一、二を争うものだった。

リリアーナと一緒に王宮に来てからは更に腕を磨き、今では王宮でも三本の指に数えられるほどだ。

リリアーナとは姉妹同然に育ったとはいえ、モリーは平民である。

王太子妃の専属侍女になることについて、当然快く思わない者もいた。

それでも胸を張ってリリアーナの側にいるために、あらゆるスキルを身につけようと必死に研鑽を積んできたのだ。

そんなモリーに対して『ありがとう』や『美味しかった』などの言葉を送られることは、リリアーナにとっても何より喜ばしいことなのだが……。

そのリリアーナは今、何とも微妙な顔をしていた。

「お手間を取らせてしまってすみません」

これ以外に掛ける言葉がなかったのだ。

エマの口からは怪我はなかったと報告されたが、その口調や態度を見れば、アンジェラがエマに失礼な態度を取ったか言ったかしたであろうことが一目瞭然である。

お茶会で目にしたアンジェラの言動から何となくではあるがその人となりを理解したリリアーナは、自分がお願いしたことによってエマに不快な思いをさせてしまったことに、申し訳ない気持ちでいっぱいだった。

隣に腰掛けているウィリアムはシュンと項垂れているリリアーナを慰めるように、頭を優しく撫でた。

――リリアーナのペットである毛玉にアンジェラが噛まれたので診てほしいと言われ、エマが客間に向かったのが一時間ほど前のこと。

「噛まれたのはどこだい？」

エマがアンジェラに確認すると、彼女は不機嫌であることを隠しもせず、視線を合わせることもなく、無言で手をズイッとエマの前に出してきた。

先ほど侍女から聞いたのだが、どうやら見張りの騎士を撒いて逃げたせいで客間周辺のエリアにさえ出ることを禁止され、更には見張りの騎士の数も増やされたことがご機嫌斜めの理由らしい。

はっきり言って自業自得というものだろう。

にもかかわらずその不遜な態度に、エマの眉間に薄っすらと皺が寄る。

とはいえ、お婆さん医師であるエマの顔には他にもたくさんの皺があるため、あまり差が分からないのだけれど。

エマは小さな溜息を一つついてから出された手を見るが、傷などどこにもない。

ひっくり返して掌も見てみるが、こちらも傷などなかった。

今度は大きく息を吐き出しておもむろに立ち上がると、呆れたように言った。

「怪我なんてしとらんよ。甘噛みでもされたんじゃろ」

するとそれまで視線を合わそうともしなかったアンジェラが、キッとエマを睨み付けて叫ぶ。

「はぁ？　ちゃんと見なさいよ。噛まれて痛かったんだから！」

「全く、大袈裟な。怪我がなけりゃ、私の出番はないんでな」

エマはイラっとしながらも相手になどしていられないとばかりに、尚もキーキーと喚き立てるアンジェラを無視して部屋を出る。

扉の左右には疲れたような顔をした騎士達が立っており、廊下の先にも騎士がいた。

「あんたらも大変じゃな」

気の毒そうに話し掛けたエマに、騎士達は困ったような笑みを浮かべながら会釈した。

扉の向こうでいまだ喚いている女性の声が薄っすらと聞こえ、エマはフンと鼻を鳴らして医務室へ向かう。

今日診察した者の報告書に記録し、結果報告のためにリリアーナの私室へ寄ったところ、ちょうど彼女を愛でるためにウィリアムもやってきたので、二人に報告することになったのだ。


「全く、最後に診た患者がアレなんてことがないことを祈るわい」

モリーに二杯目の紅茶を淹れてもらいながらエマがぼやいた。

「エマは引退するつもりなのか?」

驚きの表情で訊ねたウィリアムに、エマは少しだけ考えるような素振りを見せる。

「私ももういい歳だからね。王宮はそろそろ弟子達に任せようかと思っていたところさ。残り少ない人生は、どこかの寂れた田舎町でのんびり診療所を開くのもいいかもしれないねぇ」

フッと笑ったエマを見るウィリアムの目が、リリアーナには少し寂しそうに見えた気がした。

エマはウィリアムが生まれるより前から王宮で働いていた。

厳しくも優しいエマはウィリアムにとってきっと家族に近い存在であり、王宮にいるのが当たり前だったに違いない。

その彼女が王宮からいなくなるというのは、心に小さな隙間が出来るということ。

その隙間が埋まるまでは、寂しさという隙間風が吹くことだろう。

少しでもその隙間を埋められるような存在でありたいと、リリアーナは思う。

そんなしんみりとした雰囲気をぶち壊す声が聞こえた。

「なあ、婆さん」

「誰が婆さんだ」

エマがギロッとケヴィンを睨む。

「いやいや、婆さんっていったらここには一人しかいないだろ？　そんなことよりさ……」

「婆さんなどと呼ぶ奴の話なんぞ聞こえんなぁ」

エマがプイっとそっぽを向いた。

「うわ、面倒くせぇな。……仕方ねえ。エ、マ、先、生は今回のこと、ちゃんと文書に残したのか？」

　せっかく『先生』と呼んでも、枕詞で台無しである。

　エマは諦めたように小さく息を吐いて答えた。

「なんじゃ？　怪我や病気があろうがなかろうが、診た者のことは全て記録しておるよ」

「そうか、ならいいんだ」

　ケヴィンは納得したようにウンウンと何度も頷く。

「ケヴィン、何がいいんだ？」

　ウィリアムが訊ねる横でリリアーナも不思議そうな顔をしている。

「ああいった思い込みが強いタイプは何をやらかすか分からねぇからな。もしかしたら後で『噛まれて大怪我をした』とか言い出すかもしれねぇだろ？　しっかり証拠を残しておくことが一番の自衛になるからな」

「まあ、ケヴィン。あなたよくご存じですのねぇ」

　感心するリリアーナに、ケヴィンは「まぁな」と返す。

　そこにすかさずモリーが真顔で爆弾を投下した。

「エロテロリストの称号は伊達ではないということですね」

「なっ……」

「その称号は私も存じてますわ」

「げ！　何で嬢ちゃんまで……」

「あら、近衛の皆様が仰ってましたわ。ケヴィンには女性のお友達がそれはもうたくさんいらっしゃると」

リリアーナはニコリと笑って紅茶をクピッと飲み干す。

そんなリリアーナを微笑ましく見つめるウィリアムと、絶対零度の眼差しでケヴィンを見下ろすモリーの姿にエマがお腹を抱えて笑いだした。

「私も耳にしたことがある。おぬし、近衛一の問題児らしいのう？」

「うわ、婆さんまで知ってんのかよ」

「まだ婆さんなどと呼ぶか。ふむ、今後おぬしが治療に来た時は、痛み止めなしで治療するように弟子達にも言っておこうかの」

「げ、それはちょっとマジで勘弁してくれ」

ケヴィンが頬を引きつらせるのを見て、皆が笑った。

「ダニー、先ほどギルバートから経過報告の手紙が届いた」
ウィリアムは私室のソファーに腰掛けながら、対面にいるダニエルに向かって静かにそ

う言った。

「そうか。で？　彼はなんて？」

「私から廃村に行って調査するよう指示された後、彼は己が準備する間に、部下を使ってアンジェラの足跡を探らせたらしい。彼の部下はなかなかに優秀なようだ。少ない時間の中で、王都から乗合馬車で一週間ほどの距離にあるドルフの町までは辿れたらしい」

「へぇ、よくそんな短時間でそこまで探れたな」

「ああ。なんでもドルフの町から乗合馬車に乗った男が、アンジェラのことを覚えていたそうだ。アンジェラの髪は珍しい色でもあるからな」

「なるほど。となると、ここから先はドルフの町以前の足跡を探らないといけないわけか」

　ウィリアムの言葉に、ダニエルは顎に手を当てる。

「それだがな、ギルバートの調査によると廃村に一番近い村から王都へ向かうルートには、ドルフの町は含まれていないらしい。それに成人したとされる女性がいつまでも養護施設に残っているというのは不自然だと。その点から考えて、養護施設は身寄りのない子どもの面倒を見てくれるところだという認識はあっても、成人したら独り立ちしなければならないことをアンジェラは知らなかったのではないか、と。養護施設のない比較的小さな村にいたのではないかと推測しているようだな」

「……ということは？」

「十中八九、アンジェラが嘘をついているということになる」

そこまで言って、ウィリアムは少し冷めた紅茶に口をつけた。

人払いをしているため、新たに紅茶を淹れてくれる侍従はいない。

「にしても、さすがはギルバート殿とその部下だな」

「ああ、ギルバートはさっさと終わらせて早く新妻の元に帰りたいのだろう。まさかあのギルバートがここまで変わるとはな」

ウィリアムはクツクツと笑った。

ダニエルにしてみれば、目の前にいるウィリアムもリリアーナと出会ったことで別人級の変貌を遂げていると思うのだが、それは口に出さずに紅茶と共に飲み込んだ。

空気の読める脳筋、いや、側近である。

ダニエルはカップをソーサーへ戻すと、今度は自分が頼まれていた前国王に仕えていた者の報告を始めた。

「ソレッタ城だが、前国王にそのような者がいたという話を耳にしたことがある者、あるいは女性の祖母を知っている者は残念ながらいなかった。誰に聞いても前国王夫妻はとても仲睦まじい様子だったとしか返ってこなかったそうだ」

「そうか。まあ、そうだろうというのが私の正直な感想ではあるがな。だがそれではあの小箱の説明がつかない。念のため公爵らにも確認してみたが、誰もあのような小箱を譲渡してなどいないそうだ」

「う～ん、どういった経緯で小箱が女性の手に渡ったか。結局それも女性の祖母を知っているという人物を見つけないことには、調べようがないんだよなぁ」

　価値の高い宝物などであれば目録が残っているのだが、ただの小箱程度では記録を残すことはしない。

　ダニエルは困ったように大きな溜息をつき頭をガシガシと掻いて、

「前国王時代に王宮内で働いていた者のことも調べてはいるんだが、何分昔のことだし、亡くなっている者も多くてな。なかなか捗っていない状況だ。申し訳ない」

　そう言って大きな体を半分に折る勢いで頭を下げた。

　――昔から王宮で働く女性のほとんどは、下位貴族の令嬢である。

　貴族令嬢は嫁ぐ時、実家より土地などの『持参金』を携えるのが普通のこと。

　娘が多い家は持参金貧乏となったり、娘を修道院へ入れることもあった。

　そのため持参金をあまり期待出来ない次女や三女などが行儀見習いと称して王宮に上がり、騎士や文官から結婚相手を探すのだ。

　王宮はある意味、『出会いの場』なのである。

　騎士や文官には平民や一代貴族なども多く、その者達に嫁いだならばその後を追うのは貴族に嫁いだのであれば貴族名鑑で調べることは可能であるが、平民には戸籍というものがないため、実家で把握している以上の情報を得るのはまず不可能と言える。

更に下働きをしてくれている平民女性まで調べるとなると、とんでもない時間を要することになるのは必須だ。

何といっても王宮に仕える者の数は千人を超えているのだ。

「いや、それは仕方のないことだ。だが万が一ということもある。引き続き調査だけは行っておいてくれ」

「ああ、それはもちろんだ」

ダニエルは頷いてカップに残っていた紅茶を飲み干した。

「そういえば」

ウィリアムが思い出したように呟く。

「何だ？」

「いや、ダニーはゴードン邸に挨拶に行ったのか？」

いきなりの質問にダニエルがゴホゴホと激しく咽る。

「な、何だよ、いきなり」

「いや、リリーもお前達のことを心配していたからな。で、どうなんだ？」

先ほどまで真面目な話をしていたはずのウィリアムがニヤリと悪い笑みを浮かべている。

「ウィル、お前人のことだと思って楽しんでるだろう！」

「まさか。幼なじみの幸せを願っているに決まっている」

「全く、その笑い方は嘘くさいからやめろ。とりあえず挨拶はこの件が落ち着いてからだな」

　途端にウィリアムの表情が申し訳ないといったものに変わる。

「そうか、悪かったな」

「いや、ウィルのせいじゃないだろ。誰かのせいというなら、あの女性だ。さっさと解決してウィルは新婚旅行に、俺は挨拶に行くぞ」

「ああ、そうだな」

　ウィリアムは何だかんだと面倒見のいいこのオカン気質の幼なじみに支えられていることに、感謝するのだった。

——その頃ギルバートは、王都に向かう時にドルフの町を経由する村を虱潰しにあたっていた。

一つ、二つと村を巡り、五つ目でようやく女性を知る者と出会った。

彼は行商人をしているらしい。

「アンジェラって、クレリット村のアンちゃんのことかい？」

「クレリット村かは分からないが、ピンクブラウンのフワフワした髪に、大きなグレーの瞳の女性なんだが」

「ああ、そりゃアンちゃんだ。でもな、今クレリット村に行ってもアンちゃんには会えねえよ」

「それはなぜだい？」

「ひと月ほど前にさ、誰にも何も言わずに村を出ていっちまったんだと。夜明けと共に乗合馬車に乗ってな。アンちゃんの両親も何も聞いてなかったらしくて、見ていて気の毒になるほど意気消沈しちまってさ」

「そうか。ちなみにそのクレリット村には養護施設なんてものはあるかい？」

彼は不思議そうな顔をしつつも答えてくれた。

「あの村にはねぇな。何だったら教会もないくらいだからさ」

「教えてくれてありがとう。これはお礼だ」

そう言って酒を一杯奢ると、

「そうか？　そういうことならありがたくいただこう」

ご機嫌にグラスを持ち上げ、グビグビと喉を鳴らして一気に飲み干した。

――やっと手掛かりを摑んだ！　ギルバートの口角が上がる。

ギルバート・クラリスは、何を隠そうリリアーナの大切な友人であるイザベラの歳の離れた夫だ。

ギルバートをよく知る者に彼を一言で表すならばと問えば、きっと返ってくる答えは『無関心』である。

誰にどう思われようとどうでもよかったし、きっと自分はこれからも変わることなく生きていくのだと思っていた。

――イザベラと出会うまでは。

ギルバートとは真逆にいる愛情に飢えた少女。彼女の人となりを知るほどになぜか目が離せなくなり、彼女をズブズブに甘やかしたくなった。

そんな風に自分が思うようになったことが信じられず、頭がおかしくなってしまったのかと疑ったほどだ。

思わずエマ医師に相談した時、偶然そこにいた王太子殿下に聞かれ、大笑いされて取っ組み合いの喧嘩になったのは秘密である。

全てに無関心であったギルバートを変えたイザベラをいつまでも一人に（正確にはカーラ達使用人がいるので一人ではない）しておくことは出来ないと、ギルバートはクレリット村に向けて急ぎ馬を走らせた。

「痛っ！」

私室のソファーで刺繍をしていたリリアーナは、誤って指に針を刺してしまった。

「リリアーナ様、大丈夫ですか？」

慌てて駆け寄るモリーに、リリアーナはバツが悪そうに笑って答える。

「ええ、ちょっと目測を誤って指を刺してしまっただけだから大丈夫よ。驚かせてしまったかしら」

「いえ、心ここにあらずといった感じですが、何か心配事でも？」

モリーの言葉にリリアーナは肩を小さく震わせた。

確かに刺繍に集中出来ていなかったけれど、それなりに手は動かしていたはず。

……なぜ分かってしまったのか。

しばらくの間沈黙が続いたが、やがてリリアーナはふぅと息を吐くと、

「やはりモリーには隠し事は出来ませんわね」

そう言って困り顔で笑った。

「隣国のクーデターが起こった時、学生だった私にはウィルの負担を軽くして差し上げることが出来ませんでしたわ」

「そんなこと……」

否定しようとしたモリーに分かっているとばかりに首を横に振りながら、被せるようにしてリリアーナは続ける。

「あの時はウィルから『憔悴しているマリアンヌ王女を支えてくれた』ですとか、『差し入れが助かった』ですとか、逆にたくさんの感謝の言葉を頂いて、自分で出来ることを精いっぱい頑張ろうと思いましたの。ですが、ウィルの負担を減らせたかといえば、微々たるものだったと思いますわ」

その時のことを思い出しているのか、リリアーナは視線を上へと向けた。

そしてまたモリーへと視線を戻すと、

「今の私はウィルのつ、妻になりましたでしょう？」

自身の言葉に少し恥ずかしそうに頬を染めて俯く。

その姿に今度はモリーが『ウィリアム殿下がこの姿を見たら、きっと「リリーが可愛すぎる」などと言って悶絶されるのでしょうね』などと脳内で勝手に想像し、窓の外へ遠い目を向けた。

「ですのに、今度もウィルの力になることが出来ないのかと、自分のことながら情けなく思えてしまって」

再び落ち込むリリアーナに、モリーは何と声を掛けたらよいのか悩む。

リリアーナがウィリアムに約束させたことで、確かに隣国のクーデターの時のような無理はしていないのだが、それでもかなり忙しいことには変わりない。

なるべく夫婦二人の時間を作りたいと朝食を部屋で一緒に摂ることにし、その後すぐに執務室へと向かい、夕食まで仕事。夕食後にまた執務室に戻り仕事。

夫婦の寝室に入るのは深夜を過ぎてからで、夜更かしが出来ないリリアーナは頑張って起きていようとしながらも毎夜撃沈しているのだ。

そのルーティーンで、たまにウィリアムが小一時間ほど執務室を抜け出して、リリアーナに癒されにやってくる感じだろうか。

何か自分にも出来ることはないのかと悩むリリアーナの姿を、モリーがジッと見つめていた。


モリーはリリアーナの侍女ではあるが、物心ついた時からまるで姉妹のように育ち、リリアーナのことを妹のように想っていた。

リリアーナのことならば、誰よりも理解していると自負している。

そんなリリアーナの悩む姿を前に、どうにかして力になりたいと顔には出さずに必死に考える。

リリアーナがウィリアムのためにと刺した刺繍はすでにハンカチ数枚分にもなっており、更に枚数を増やすというのも納得はしないだろう。

王宮外へ出る許可はまだ出ておらず、リリアーナが出来る仕事は少ない。

というより、本来であれば新婚旅行中であったのだ。この期間の仕事は入れないようにしていたのだから、暇を持て余してしまうのは仕方のないことと言える。

王宮内でリリアーナがウィリアムのために出来ること……。

「リリアーナ様、手作りのお菓子を差し入れしてみるのはどうでしょう？」

リリアーナは困ったように眉をハの字に下げる。

「モリー、忘れているのかもしれませんが、私は数々の失敗で厨房に『出入り禁止』を言い渡されておりますのよ？」

そう、以前ウィリアムのためにケーキを作ろうとしてなぜか消し炭を量産し、ならばとクッキーを作ればゴリゴリと固いクッキーが出来上がった。

挟むだけならば大丈夫だろうとサンドイッチを作れば、どうしてか薄くプレスされたサンドイッチに仕上がった。

そうしてリリアーナは厨房を出入り禁止となったのだ。

「大丈夫です！　リリアーナ様でも失敗しない究極のレシピがありますから」

リリアーナでも失敗しないレシピと言われ、複雑な表情を浮かべるリリアーナ。

「……本当に大丈夫かしら？」

「ええ、任せてください。早速料理長に交渉して参ります！」

「ありがとう、モリー。よろしくお願いしますわね」

「畏まりました」

モリーは嬉々として厨房に向かった。

そして――。

「モリー殿には申し訳ないが、それは難しいな」

困ったように料理長が言った。

「そこを何とかお願いします。あのリリアーナ様でも今度こそ失敗しないお菓子があるんです！」

あまりにも熱心なモリーに根負けしたのは料理長の方だった。

「なら、どんなお菓子を作る予定なのか聞かせてくれ。納得出来るものなら今回に限り厨房使用の許可を出そう」

「ありがとうございます。といっても全てをリリアーナ様が作るわけではなく、この段階まではそちらのパティシエの方に作って頂きたいのです。リリアーナ様が作る工程はここからになります」

「ふむ、それならば失敗せずに済みそうだな。……いや、サンドイッチをあのようにプレスした方だからなぁ。本当に大丈夫なのか？」

「今度は一瞬たりとも目を離さないように致しますので、何とか許可をお願いします」

随分と酷い言われようだが、モリーも料理長も真剣である。

料理長は仕方がないといった風に頷いた。

「分かった。約束通り、今回のみ許可を出す。それでいつ作る予定なんだ？」

「では明日の昼食後ではいかがでしょう？」

「分かった。それまでにさっき言っていたものは用意しておこう」

「ありがとうございます。では明日、よろしくお願いします」

モリーが満面の笑みを浮かべて意気揚々とリリアーナの私室へと戻る途中、

「何だ、随分ご機嫌だな」

呆れたような顔のケヴィンに声を掛けられた。

「ええ、明日リリアーナ様がお菓子を作るのに、厨房をお借りする許可が下りたの」

「げっ、お前、何て恐ろしいことをしようとしてるんだ」

リリアーナのやらかしを知っているケヴィンの顔が引きつる。

本来であれば「失礼な！」と怒るところであるが、この件に関してはモリーも仕方ないと思っているため口にしない。

「今回は、いえ、今回こそは大丈夫よ。でなければ料理長からの許可は下りなかったはずだもの」

「いや、まあ、そうだけどさ」

あまり納得がいっていないようだが、モリーにとってはケヴィンがどう思おうと関係ないとばかりに「それじゃあ」と言って扉をノックすると中へ入っていった。

「リリアーナ様、許可が下りました」

「まあ、本当なの？」

驚きに目を見開くリリアーナ。

「ええ、今回のみというお約束になりますが、明日の昼食後に厨房をお借り出来ることになりました」

リリアーナは両手を胸の前で組んでパァッと輝く笑顔を見せた。

「モリー、ありがとう。料理長との交渉は大変だったでしょう？」

「いえ、そこまで大変なものではありませんでしたよ。心配しなくても大丈夫だと言いましたのに」

信用してくれなかったことに少しだけ意地悪を言ってしまう。

「やっぱりモリーは頼りになりますわ」

「褒めても何も出ませんからね」

我ながら単純だとは思うけれど、頼りになると言われてすっかり機嫌を取り戻すモリーであった。

「今日作るお菓子は『スクエアパイ』です」

「スクエアパイ？」

「ええ、サクサクの食感が美味しく簡単に作れるパイ生地のお菓子です。使用するのは事前にパティシエの方に作って頂いたこのパイシートと、少し粒が大きなお砂糖の二つだけ。これならリリアーナ様にも絶対に美味しく作れるはずです」

「まあ、そんなに材料が少ないのに美味しいお菓子が作れますのね。素晴らしいですわ！」

パチパチと手を叩いて喜ぶリリアーナの様子に、モリーが満足そうに微笑む。

「ではまずこの台にパイシートを乗せてください」

モリーの説明に真剣な顔で頷き、パイ生地を両手で持ち上げると恐る恐るといった感じで台の上にゆっくりと乗せた。

普通に乗せるだけでいいのだが、やけに肩に力が入っている。

モリーは苦笑を浮かべつつ、気を取り直して次の説明に移った。

「次に、このパイシートの上に砂糖をまぶしてください」

「分かりましたわ」

そう言って砂糖の入った壺に勢いよく手を突っ込むと、これでもかと握った砂糖をシートにかけようとしたため、モリーが慌てて止める。

「ストップ、ストップ。リリアーナ様、ストップです！」

キョトンとした顔のリリアーナに、周囲にいた者達は『やっぱり』といった視線を向けている。

「リリアーナ様、そんなにたくさんの砂糖は必要ありません。少しずつ全体にまぶしてください」

「こ、こんな感じかしら？」

「端の方にもう少しだけまぶしましょうか」

「こうかしら？」

「ええ、とてもいいと思います。ではこの棒をパイ生地の上で転がして、私がいいと言うまで生地を伸ばしてください。あ、いきなり全力で転がしたらダメですよ？　まずは毛玉様を撫でるくらいの力加減から始めましょうか」

必要以上に力を入れるきらいがあるリリアーナには、ペットを撫でるようにと言うくらいがちょうどいいだろう。現にいい感じで生地が伸びている。

ここまで順調に進んでいることに頷きながら、モリーは包丁を取り出した。

「はい、生地を伸ばすのはこれくらいにしておきましょう。次は伸ばした生地を一口大にカットしますが、これは私が行います。リリアーナ様はカット済みの生地をシートを敷いた天板の上に重ならないように並べてください」

生地をカットしていく様子に真剣な眼差しを向けるリリアーナ。

モリーがカットを終えると、一つ一つ時間を掛けて丁寧に並べていく。

「ではこちらを焼いていきます。焼き上がるタイミングなどはパティシエの方にお任せしましょう」

任せると言った瞬間にリリアーナが一瞬悲しそうな顔をしていたが、モリーは心を鬼にして見なかったことにした。

ここでまた消し炭を量産させようものなら、リリアーナが更に落ち込む姿が容易に想像出来る。そうならないためにも絶対に失敗は出来ないのだ。

十分ほど焼いて取り出せば、程よく焦げ目がついたパイが出来上がっていた。

「ふわぁぁぁぁああ」

リリアーナは初めてまともなお菓子を作り上げたことに感激の声を上げる。

……と言っても、リリアーナがしたことは砂糖をまぶして生地を伸ばして天板に並べただけなのだけれど。

それでも消し炭になったケーキやプレスされたサンドイッチを目にしていた面々は、リリアーナの成長（？）に拍手を送った。
小さなことかもしれないが、これでリリアーナが少しでも元気になってくれたらいいと
モリーは心からそう思うのだ。

「コレをリリーが？　私に？」

ウィリアムの手には美味しそうな香りを漂わせる籠が抱えられている。

執務室にいるウィリアムへ、さっそく焼きたてのスクエアパイを持ってきたのだ。

「ええ、お疲れの時にでも軽く摘んで頂ければと……。モリーやパティシエ達に手伝って
もらいながら作りましたの。モリーのお墨付きですので、安心してくださ……」

会話の途中でリリアーナは小さく「きゃぁ」と悲鳴を上げて、ポスリとウィリアムの胸
に倒れ込んだ。

ウィリアムが籠を片手に抱え、反対の手でリリアーナの腕をグイッと引き寄せたためだ。

ギュウッとリリアーナを抱き締めると、ウィリアムは幸せそうに微笑んで、

「リリー、ありがとう」

と頭頂部に口付けた。

「だが、リリアーナは厨房を出入り禁止になっていなかったか？」

はて？　とウィリアムは首を傾げる。

リリアーナの護衛として一歩後ろで待機しているアンリは、かつての鬼上司の見る影もないデレデレっぷりに苦笑しつつも答えた。

「そこはモリーさんの見事なプレゼンによって、今回のみという条件にて許可を得ました」

王宮内とはいえ、王太子妃となったリリアーナには必ず一人以上の護衛がつくことになっている。

「そうか。リリー、怪我はなかったか？」

「ええ、大丈夫ですわ」

ほら、とでも言うように両掌をウィリアムに見せる。

その何とも微笑ましい姿に、ウィリアムだけでなくアンリの顔にも笑みが浮かんだ。

「ウィル、そろそろいいか？」

執務室内で空気のようになっていたダニエルが、申し訳なさそうに口を開いた。

いや、正確に言えば、ダニエル以外にも執務室には空気になっている職員が何人かいるのだが。

リリアーナはそれに気付くと慌ててウィリアムの腕から逃げ出した。

「お仕事の邪魔をしてごめんなさい。皆様も良かったら食べてくださいね」

「いや、リリーが作ったものをなぜ他の奴らに食べさせねばならないのだ」

逃げ出されたことと、リリアーナを愛で足りないとばかりに不機嫌そうにごねるウィリアムに呆れたように、

「そう言われると思って、皆様の分はこちらに用意してあります」

とアンリはモリーが作ったスクエアパイをダニエルに渡す。

ダニエルと職員達からの礼を受け、リリアーナとアンリはこれ以上邪魔にならないよう執務室を後にした。

「喜んで頂けて良かったですね」

アンリがそう言うと、リリアーナは頬を緩ませる。

「これも皆のお陰よ、ありがとう」

本来貴族の子息令嬢は騎士や使用人などに礼を言うことなどないのだが、自然と『ありがとう』と言えるリリアーナのことを、アンリだけでなく他の使用人達も皆慕っていることを、リリアーナは知らない。

第5章　子ども達の家

　ウィリアムとリリアーナの結婚式に沸いた王都内も普段の落ち着きを取り戻し、ようやく王宮からの外出許可が下りた。

　リリアーナは嬉々としてモリーに告げた。

「今日は『子ども達の家』に行くことにしますわ。準備をお願いね」

「畏まりました」

　モリーは恭しく返事をすると、早速準備に向かった。

『子ども達の家』は、二年ほど前に貧しい子ども達にも読み書き・計算が学べる場をと、リリアーナが開いた教室である。

　そこでしっかりと学んだ後、希望する者はヴィリアーズ領内にて住み込みで薬草栽培を学べる環境を、リリアーナの父である領主オリバーと兄イアンが整えてくれたのだ。

　昨日、半年ほど前にヴィリアーズ領へ向かったルークから届いた手紙には、朝早くから夕方まで、お世話になっている農家の方に、薬草だけでなく小麦などの栽培も学んでいること。大変だけれど毎日が楽しいと、今こうしていられることに感謝していると、拙いながら一生懸命に綴られていた。

兄のイアンからも時々ルーク達の様子を聞いていたが、本人から来た手紙は今回が初めてである。

生きるために盗みを働くしかなかったルーク達が、きちんと働いて得たお金で普通の生活をしたいと、必死に努力して掴んだチャンスなのだ。

全ての貧しい子ども達を助けることは不可能でも、せめて自分の手の届く範囲の子ども達へ手を差し伸べたい。

そうしてリリアーナが作り上げた『子ども達の家』から、まずはルークを含む四人の子ども達が巣立っていった。

彼らの元気に働いている様子に、自然とリリアーナの口角が上がっていく。

お洒落好きなモリーが用意した裕福な商家の娘風の衣装に着替え、差し入れ用にたっぷりチーズが入ったパンを詰めた籠を持ち、目立たないよう家紋の入っていない馬車に乗って噴水広場に向かった。

今日のお供はケヴィンとティア、他二名の計四人。

リリアーナの腕の中には毛玉がしっかりと抱かれているので、正確には四人プラス一匹だ。

「子ども達に会うのはマリアンヌ様と訪れて以来ですわ」

馬車の中でご機嫌に話すリリアーナに、ティアも笑顔で返す。

「私は『子ども達の家』に行くのは初めてですが、小さな子どもは好きなので、とても楽しみです」

「それは良かったわ。皆とっても元気で素直ないい子達なのよ」

リリアーナは嬉しそうにうふふと笑った。


目的地に近付いたのだろう、馬車の揺れが小さくなり、やがて止まった。

少ししてコンコンとノックの音と共にケヴィンの「嬢ちゃん、着いたぞ」という声がして、ガチャリと扉が開く。

「リリアーナ様、毛玉様をお預かりします」

リリアーナは頷いて、膝の上にいた毛玉を抱き上げてティアに託す。

ケヴィンの手を借りて馬車を降りたところは噴水広場近くで、そこから『子ども達の家』へと歩を進めた。

噴水広場では曜日によって屋台が並んだり、楽団の演奏に合わせて踊り子が踊ったり、大道芸が行われたりと様相を変えている。

今日は大道芸の日のようで、人だかりが出来、生き生きして活気に溢れていた。

「嬢ちゃん、手を繋がなくていいのか？」

ケヴィンがクックッと笑いながら手を差し出してくる。

「ケヴィン……。あなた、いつまでそのネタを引っ張れば気が済むんですの？」

むうっと頬を膨らませて睨むリリアーナだが、その迫力皆無の姿に、

「ははは、悪い悪い」

と、ケヴィンは全く悪びれることなくリリアーナの頭をポンポンと叩く。

ティアも他の護衛もいつものこととスルーしているが、もしこれをウィリアムが見たのならば、きっと怒りに目を吊り上げることだろう。

人混みを抜けると、広場の一番奥にある『子ども達の家』に着いた。

ガラス戸越しに子ども達が一生懸命に勉強している姿を眺め、満足したようにリリアーナはウンウンと頷く。

カラカラと音を立ててゆっくりと引き戸を開けると、それに気付いた子ども達の視線が一斉にこちらに向かう。

「あ、リリ様だぁ～」

「リリ様～」

リリアーナだと分かると、子ども達は笑顔で土間の方へと走り寄ってくる。

「こんにちは。皆元気にしてましたか？」

子ども達の家で一番幼いノアの頭を撫でながら皆に問い掛けると、次々に元気よく「う

ん！」と頷いた。

「それは良かったわ」

リリアーナは土間で靴を脱ぎ、一段高くなったフローリングの床に足を下ろす。

子ども達は笑顔でリリアーナの手を引っ張りながら教室の中ほどまで連れていくと、

「見て見て〜」

それまでに描いていたのだろう、何かの絵らしきものを見せに来る。

「これは……もしかして結婚式の絵かしら？」

白い紙に描かれていたのは、教会らしき建物と二人の人物であった。

「うん、そう。これはね、リリ様とウィル様の結婚式の絵なの。お祝いにと思って」

「まあ、素敵な絵をありがとう！　こんな素晴らしいお祝いを頂けるなんて……嬉しくて涙が出そうですわ」

そう言いながらも、すでにリリアーナの瞳は涙目である。

「私も描いたの見て〜」

「僕も〜」

「順番に見せて頂きますから、慌てなくて大丈夫ですわよ？」

リリアーナは目尻の涙をそっと指で拭いながら、言葉通り順番に絵を見せてもらっていた。

そんなリリアーナの様子を毛玉を抱っこしながら教室の隅に立って見ていたティアは、スカートをクイッと引かれた気がして視線を下に向けると、小さな子どもがティアを見上げていた。

「どうしたの？」

優しく声を掛けると、子どもは腕の中の毛玉を指差した。

「それ、なぁに？」

「この子はリリアーナ様のペットの『毛玉』っていう名前の子犬よ」

子どもは可笑しそうにプッと噴き出して、その笑い声に釣られた他の子ども達が何事かと集まりティアの周りを囲む。

「ねえねえ、何で笑ってるの？」

「だ、だってさ、お姉さんがこの犬の名前を『毛玉』だって言うから……」

「え〜、そのまんまじゃん。誰だよ、そんな名前つけたやつ〜」

「……私ですわ」

頬をむぅと膨らませてリリアーナが子どもの後ろに立った。

「げっ、リリ様がつけたんだ……。えっと、えっと……」

「無理に褒めようとしなくても大丈夫ですわ。私は『毛玉』という名前を気に入っておりますし、それに誰がどう見てもこの子は『毛玉』でしょう？」

「うん、まあ確かにそうだけど」

「ですからこの子は『毛玉』でいいのです」

ドヤ顔で言い切るリリアーナに、子ども達が『そういうものなのかもしれない』と思い込まされたところで。

リリアーナは子ども達のまとめ役をしてくれているうちの一人であるダイの妹のサディが、足を引きずっていることに気付いた。

「足をどうかされましたの？」

引っ込み思案なサディは何と答えていいか分からず、ダイの後ろにササッと隠れる。

そんなサディの頭をダイは優しく撫でながら「段差のあるところでちょっと捻ったみたいなんだ」と答えた。

「お医者様には診てもらいましたの？」

リリアーナが訊ねると、ダイは力なく首を横に振った。

お金のない者は治療院では診てもらえず、門前払いを食らうだけである。

仮にもし診てくれる医師がいたとしても、薬代は別途掛かるのだ。

そのため貧しい者は医師に掛かることすら出来ない。

医師にも生活があり仕方のないことではあるが、どうにかならないものかとリリアーナは考える。何か脳裏を掠めた気がしたが、それが何かは浮かんでこなかった。

どちらにしてもこういった問題はすぐに答えの出るようなものではない。

なのでとりあえず――。

「ティア、王宮に戻ったら傷薬や包帯など詰めたものを準備して、それらを『子ども達の家』に運んでもらえるよう手配しておいて」

「畏まりました」

ティアに常備薬の手配を頼んだ後は。

「ケヴィン」

「ん？」

「騎士団の訓練中に手足を痛める者がいると耳にしたことがありますが、あなたはこういう症状の時にどうしたらよいか分かるかしら？」

リリアーナに聞かれ、サディの痛めた足をジッと見る。

「そうだな、見た感じ捻挫だろうな。あまり酷くなってなさそうだし、冷やして安静にしておけばいいと思うぞ。だから移動する時は遠慮せずに兄に負ぶってもらえ。いいな」

ケヴィンは途中でリリアーナからダイへと視線を移す。

言葉はサディに言っているが、実質ダイに向けていた。

ダイはそれをしっかりと理解し受け入れ「分かった」と真剣な表情で頷いた。

「よし、次来た時にちゃんと世話が出来てたかどうか確認するからな」

ケヴィンはニカッと笑いながらダイの頭をわしゃわしゃと撫で回した。

「うわ、何だよ。やめろよ～」

やめろと口で言う割には何だか楽しそうに見える。

何だかんだとケヴィンは面倒見がいい。それは子ども相手にも発揮されているらしかった。

警戒心が強かった子ども達がこんな風に心を開いてじゃれ合う姿に、リリアーナは自然と頬が緩むのを止められない。

「よかった……」

誰にも聞かれないほどの小さな声で呟いた。

リリアーナが『子ども達の家』を開くことに、偽善や点数稼ぎなどと悪く言う者達がいたことは知っている。

けれど、ここに来ていつも思うのだ。

助けられているのは、勇気付けられているのは自分の方だと。

護衛の騎士に持ってもらっていたパンの入った籠を受け取ると、

「さて、今日は皆にたっぷりチーズが入ったパンのお土産を用意してきましたわ」

大きな声で籠を持ち上げて見せた。

「わぁ、パンだ～」

「チーズがいっぱい入ってるんだって～」

子ども達が嬉しそうに走り寄ってくる。

「ほらほら、慌てなくてもたくさんありますわ」

パンを配ろうとするリリアーナの元に、もう一人のまとめ役をしてくれているセレナがやってきた。

「リリ様、配るの手伝うよ」

「まあ、セレナ。助かりますわ」

自主的にこうして手伝いに来てくれるセレナもダイも、きっと普段からいい姉役といい兄役をしてくれているのだろう。

配られたパンを持った子ども達は、お行儀よく席に座って食べ始めた。

躾やマナーなどとは縁遠かった子ども達が自然とマナーを守れるようになったのは、ひとえに講師役を務めてくれている方達のお陰である。

子ども達がいつかここから巣立っていく時に苦労をしないよう、精いっぱいの愛情を込めて、時間を掛けて教えてくれた成果なのだ。

リリアーナは心から感謝した。

子ども達にまた来ると約束して王宮に戻るとすでに日が沈みかけており、リリアーナは夕食に間に合うよう急ぎ着替え始めた。

その間にティアは空の籠を持って、エマのいる医務室に向かう。

時間帯のせいか医務室は少しばかり混雑していた。

騎士の数が多いように見えるのは、皆訓練を終えた足でこちらに来たのだろう。

忙しい中声を掛けるのはためらわれるが、仕方がない。

「エマ様、お手すきの方がおられましたら、こちらの籠に傷薬や包帯などの常備しておけるものを詰めて頂きたいのですが」

一応気を使って『お手すきの方に』と言ってみる。

「それは構わんが、詰めてどこに持っていくんだい？」

「『子ども達の家』です。今日リリアーナ様にお供してきたのですが、捻ったとかで足を引きずっている子どもがおりまして。治療院はお金がない者を診てはくれないですから、それでリリアーナ様がせめて常備薬を、と」

「……そうか。ならば明日私が持っていってやろうかね」

「え？　エマ様がですか⁉」

思わず大きな声を上げてしまった。

「なんだい、私じゃ不服なのかい？」

「い、いいえ、逆です！」

エマ医師といえば、ご高齢とはいえ王宮医師のトップのお方である。

そのお方をお使いに行かせる――？

これもしかして、めちゃくちゃ怒られるんじゃ……。

サーッと血の気が引いて行く気がした。

「常備するなら子ども達にも使い方を教えてやった方がいいだろう？」

「それはそうですが……」

行く気満々の姿に、止めた方が失礼にあたるのではないかとティアは焦る。

「責任持って私が届けるとリリアーナ様に言っといておくれ。ほら、その籠は置いていきなさい」

「は、はい。……では、よろしくお願いします」

ティアは籠をエマに渡すと、慌ててお辞儀をして逃げるようにリリアーナの部屋へ向かった。


翌日、清潔感のある白い外観の『子ども達の家』の前に立つエマがいた。

「ふむ、ここで間違いなさそうだね」

ガラス戸の向こうで一生懸命に学ぶ子ども達の姿を見ながら呟く。

引き戸に手を掛けるとカラカラと音を立てて扉を開けた。

いない。

皆の視線が一斉にエマへと向けられる。

比較的大きな子ども達は初めて見るエマに警戒しているのか、座ったまま動こうとしていない。

だが小さな子どもは無邪気にエマの前までトテトテと走り寄ってきた。

「お婆ちゃん、だあれ？」

人懐っこい笑顔を見せながらエマを見上げる。

「私は医師のエマだよ。リリアーナ様に頼まれて薬を持ってきた」

頭を撫でてやれば気持ち良さそうに目を細める子どもに、自然とエマの顔にも笑みが浮かぶ。

「まあ、医師様が直接、ありがとうございます」

やってきた講師役のカミラがエマにお礼を言いながらペコリと頭を下げる。

「いやいや、本当は他の誰かが来る予定だったのを、私が無理を言って変わってもらったのさ。薬を持ってくるついでに子ども達にも包帯の巻き方なんかを伝授してやろうと思ってな」

「それはとてもありがたいことですわ。ここでの講師役は男性が多いので、何かあった時に包帯をうまく巻けるのか、少しばかり心配ですから」

「ああ。ただあまり長居出来んのでな、授業の途中ですまんが、今から教えてもよいか？」

「はい、ぜひよろしくお願いします」

　エマは靴を脱いでスタスタと中へ入っていった。

「突然授業を中断してすまんのう。私は王宮で医師をしているエマという。リリアーナ様に頼まれて薬を持ってきた。薬はこの籠の中に入っておる。使い方はこの紙に書いてあるので、失くすでないぞ？」

　子ども達は大人しくエマの話を聞き、「はーい」と返事をした。

「うむ、いい返事じゃな。それで、この籠の中にあるコレを『包帯』といってな、怪我をしたところに薬を塗ったり貼ったりした上から巻くものなんだが、巻き方に少しばかりコツがいるんじゃ。それをこれから皆に教えようと思う」

「包帯？　巻くの？　やってみたい！」

　やる気満々の子どももいれば、難しそうだと消極的な子どももいる。

「とりあえずやってみて、この中から適性のありそうな数人を選んで、包帯担当者を決めるとしようかね」

「担当者ですか？」

　カミラが不思議そうに訊ねる。

「ああ、一人だとその子がいないと困るが、数人選んでおけばその全員がいないということはないだろう？」

「それは助かります！」

「では始めるとするかの」

そう言ってエマは子ども達に包帯の巻き方を教え始めた。

「わぁ、ダイ上手～」

ここにいる子ども達の中で一番のお兄さんであるダイは、とても手先が器用だった。

子ども達はキラキラとした目でダイを見て、そして見られているダイは恥ずかしそうに目を伏せている。

「ほう、初めてでこれだけ出来るとはな。おぬし、世辞抜きで見所がありそうじゃな」

話はしっかり聞き、包帯の扱いも丁寧。何よりエマの動きをきちんと再現してみせたのだ。これは何より細かいところまで見ていた証拠だ。

エマに褒められたことがよほど嬉しかったのか、ダイは破顔した。

その後、ダイの他に三名の包帯係を決め、部位によっての巻き方の違いを教えていく。

一日やそこらで出来るようなものではないため、練習用の包帯を渡しておいた。

「この包帯というものは清潔な状態で使わなくてはならない。だから遊びに使ったり何度も使うといったことは出来ない。担当者以外の者は触らないようにな」

包帯係以外の子ども達に注意をし、

「そろそろ王宮に戻らんと弟子達が煩いんでな」

　そう言ってエマは子ども達に手を振り帰っていくのだった。


　執務室にノックの音が響く。

「少しいいかの？」

　そう言ってエマが入ってきた。

「エマか、どうした？」

　エマの方から執務室へ来ることなどそうそうないため、ウィリアムは少しばかり驚く様子を見せつつ、エマにソファーへ腰掛けるよう促す。

「いやなに、この前話した引退のことで少しな」

「もう決めたのか？」

「ああ。弟子達への引き継ぎが終わり次第、王宮医師を辞することに決めたよ」

「そうか。寂しくなるな」

　肩を落とすウィリアムに、エマはカラカラと楽しそうに笑い飛ばして言った。

「何言ってるんだい、殿下には慰めてくれる可愛い嫁さんが出来ただろうが」

　リリアーナのことを言われ、途端に締まりのない顔をするウィリアムにエマは呆れたような顔をしながら続ける。

「実はな、王都の平民街に医師を育てるための治療院を開こうと思っているんじゃよ」

「ほう、平民の医師を育てるつもりでいるわけか」

そうだとエマは大きく頷いた。

ザヴァンニ王国で医師になるためには三つの段階を踏(ふ)む必要がある。
一、医師に弟子(でし)入りする。
二、医師の許(もと)で様々な経験を積む。
三、医師に独立を認められる。
こうしてようやく一人前の医師を名乗ることが出来るようになるのだ。

とはいえ、師匠の知名度によって弟子の信用度も変わるため、知名度の高い医師に弟子入り志願する者は多く、王宮医師のトップであったエマの弟子を希望する者は掃(は)いて捨てるほど出てくるだろう。

それこそ先日言っていた『のんびり』など出来ぬのではないか。

そんな疑問が顔に出ていたのか、エマはフンと鼻を鳴らして言った。

「王宮医師エマの名に群がってくるような輩(やから)は要(い)らん。自分の実力で信用を得ようと思う者でなければ教える気はないんでな」

厳しいように聞こえるが、人の命を預かる仕事である以上、失敗は許されない。

それだけの覚悟(かくご)が必要だということだろう。

「そうか。平民街のどの辺りに治療院を開くのかはもう決まっているのか？」

「いくつかは見当を付けておってな。どれも表通りから少し入ったところにある物件じゃ」

「エマは相変わらずこうと決めてから行動に移すのが早いな」

感心するウィリアムに、

「まあな。……実はこの前、リリアーナ様に頼まれたものを持って初めて『子ども達の家』へ行ってな。そこで気になるというか、コイツを育ててみたいと思わせる子どもに出会ったのさ」

とエマは楽しそうに答えた。

「リリーがきっと喜ぶ」

「ああ、この後リリアーナ様のところに行って説明するつもりだ」

「そうか、では私も一緒に……」

言いかけたところでダニエルから、

「ウィルはここでの仕事があるからダメに決まっているだろう？」

と睨まれ、エマは苦笑を浮かべつつ一人でリリアーナの元に向かうのだった。

幕間　夢から覚める時

ギルバートがクレリット村に着いたのは、日が沈む少し前のことだった。

「この村に宿屋はあるかい？」

通りかかった村人に聞けば、

「ここを真っすぐ行った先に宿屋兼食堂があるよ。宿屋も食堂もその一軒だけだ」

と教えてくれた。

「ありがとう」

礼を言って宿屋兼食堂へ向かう。

いきなりあの女性の生家を聞くのは警戒されるだけで悪手でしかない。

逸る気持ちを抑えて慎重に探ることにした。

「ここだな」

他の家と比べて横に大きな建物からは何やら楽しそうな笑い声が聞こえてくる。

扉を押して中に入ると、正面にカウンターがあり、右側の広い空間が食堂となっているようだった。尤もこの時間になると酒場に変わるようだが。

　カウンターに向かうと、恰幅のいい女性が近付いてきた。いかにも女将といった感じの女性だ。

「泊まりのお客さんかい？」

「ああ。とりあえず三日ほど泊まりたいんだが、空いているかい？」

「部屋は空いているよ。それで、外に繋いである馬はあんたのかい？」

「そうだ」

「馬は裏の厩舎に頼むよ」

「ああ、分かった」

「部屋は二階の一番奥、馬房は空いてるところならどこを使っても構わない。厩舎と朝食は宿泊料に含まれているけど、昼と夜は含まれないから食堂で食べな。他に何か質問はあるかい？」

「いや、多分大丈夫だ。世話になる」

「ごゆっくり～」

　そう言って女将（と思われる）はギルバートに鍵を渡すと、バタバタと食堂の方へ駆けていった。

　村で唯一の食堂と宿屋を兼ねているのだ。忙しいのも頷ける。

　一度外へ出て馬を厩舎へ連れていき、これから三日間お世話になる部屋へと足を踏み入れた。

部屋はあまり広くはないが綺麗に掃除されている。

ギルバートは荷物をサイドテーブルの上にドカッと乗せると、ふぅと息を吐いてベッドに寝転んだ。

人は酒が入ればガードが甘くなる。食堂へはもう少ししてから行くことにしよう。


一時間ほど部屋で休息し、一階の食堂へ向かう。皆いい感じに酔っ払っているようだ。

「エールと適当なつまみを二、三皿出してくれるかな」

空いている席に座り、女将に声を掛ける。よく働く女性だ。

「はいよ」

元気な返事と共に冷えたエールが運ばれてくる。

「つまみは今作ってるから、もう少し待っておくれね」

「ああ」

エールで喉を潤しながら、周囲の様子を探る。どうやらほとんどが村の住人と行商人達のようだ。

少しして出来たてのつまみを持ってきてくれた女将に話し掛けてみる。

「ありがとう。それにしても忙しそうだね。働き者の奥さんは羨ましいが、体は大丈夫なのかい？」

　別にこの女将が倒れようが病気になろうが何とも思わないが、こんな風に労いの言葉を掛けられると女性は特に饒舌になるものだ。

「お客さんたら、優しいねぇ。少し前までここで働いてくれてた子がいたんだけどね、何も言わずに突然村を出ていっちまってね」

「ああ、アンちゃんだろ？　村一番の器量好しの」

　大分いい感じに酔っ払った行商人らしい男が話に入ってくる。

　それにしてもいきなりあの女性の話になるとは。これなら三日も掛からずに調査出来そうだ。ギルバートはご機嫌にエールを流し込んだ。

「器量好しのアンちゃんか。ぜひ会ってみたかったなぁ」

「あ～、悪いことは言わねぇ。もし会えたとしても、あの子だけはやめておけ」

「何でです？」

「顔はさ、こんな村にはもったいないくらいに可愛いんだが」

「こんな村で悪かったね」

　女将がムッとした顔をしている。

「いやいやいや、言葉のあやだから許してくれよ。それで……何話してたっけ？」

「可愛い顔してるけどってところまで聞きましたよ」

「そうそう。何ていうか、酷い妄想癖があるんだよな」

「妄想癖？」

ギルバートは首を傾げた。何だかとんでもない方向に話が進んでいないか？　と。

「ああ、王子様が迎えに来るってアレかい？」

また一人、酔っ払いが話に入ってくる。

「それそれ。行商人の間でも有名な話だからなぁ。あ、エールの追加頼むな」

「はいよ」

元気よく返事をして女将は席を離れた。

「アンちゃんも少し前までは嫁に欲しいっていう奴がたくさんいたけどな」

「まぁ、適齢期も過ぎちまったし、今じゃ誰も嫁になんて言わなくなったな。村の皆からは嫁ぎ遅れって言われてるよ」

「嫌われているんですか？」

「いや、別に嫌われているってわけじゃねぇけど、正直扱いに困ってはいるな」

「へぇ～、せっかく可愛い容姿なのにもったいないですね」

そこに追加のエールを持った女将が戻ってきた。

「はいよ、追加のエール。適齢期を過ぎたといっても可愛らしい容姿には変わりないからね。うちとしては助かっていたんだけど……。アンの家はここを真っすぐ十分くらい行ったところにあるんだけど、一人娘が突然出ていっちまったもんだから、両親はそれはもう塞ぎ込んじまってねぇ。本当なら突然辞められて文句の一つも言ってやりたいとこだけどさ、あの状態を見ちまったら何も言えなくなっちまったよ」

「優しいんですね」

「やだよ、もう。照れちまうじゃないか」

女将に背中をバシンと叩かれる。……地味に痛い。

だが、あの女性の家の場所が一日目にして分かったのは僥倖だ。

明日は両親に会って話を聞いてくるとしよう。

ああ、これで王都に帰れる。イザベラを思う存分愛でることが出来る。

この仕事が終われば長期休暇が得られてシンドーラハウスの使用許可も出るのだ。

可愛いイザベラを新婚旅行に連れていってやれる！

ギルバートはご機嫌に二杯目のエールを一気飲みした。

現在アンジェラが生活している客間には、閉じ込められていることを理由にあれこれと願望を口にした結果、ドレスや装飾品に高級化粧品などがズラリと並んでいた。

一生かかっても庶民が手にすることなどない品々を前に、アンジェラは満足そうに何度も頷く。

(どんどんお姫様に近付いているわ、私!)

ずっとずっと、夢に見ていた。

美味しいものを好きなだけ食べて、綺麗なドレスを着て、キラキラした宝石を身につけて、毎日あちこちで行われるパーティーに出掛けて、素敵な王子様達に囲まれて……。

特に村を出てから王都に向かうまでの間は、新しい世界への扉が開くだろう未来を想像して、とても楽しかった。

あの小箱が本物だと認めてもらえれば、すぐにでもそんな毎日が続くと思っていたのに。

(小箱は本物だって認められたけど、私が本当に王族なのかどうかは調査中だって、この部屋にずっと閉じ込められているのよね)

アンジェラはハァと大きな溜息をついた。

閉じ込められていることを除けば、庶民だった自分にはあり得ないほどの好待遇だということは、アンジェラにも分かっている。

……これまでの使用人達の態度には若干思うところはあるけれど。

まあ何が問題かといえば、とにかく『暇』の一言に尽きる。

朝起きて少しばかり地味めなドレスに着替えて、部屋で一人朝食を食べて、昼食を食べて、お茶とお菓子を食べて、夕食を食べて、お風呂に入って眠る。

毎日これの繰り返しである。

暇を持て余したアンジェラはソファーに腰掛けて、昨日から担当になった何人目かの使用人がカップに紅茶を注ぐのをぼんやりと目にしながら、無意識に呟いていた。

「お姫様って、皆こんな退屈な生活をしているのかなぁ？」

「え？」

アンジェラの呟きに驚いたような声を上げた使用人は、「失礼しました」と謝罪の言葉を述べる。

今まで担当をしていた使用人達は何があっても謝罪の言葉を口にすることはなかったので、アンジェラは少しだけ、この使用人には好感が持てる気がした。

だから、こんな風に素直に聞けたのかもしれない。

「ねえ。お姫様っていつも綺麗なドレスを着て、毎日お茶会やパーティーを楽しんでいるんじゃなかったの？」

使用人は驚きに瞳を大きく開いてから、困ったようにアンジェラの質問に答えた。

「随分と酷い誤解があるようですが、王族とはいえお茶会やパーティーを毎日楽しむなどということはあり得ません。それは貴族の令嬢達にも同じことが言えます。私も貴族令嬢ですが、昨年の社交シーズン中にパーティーへ参加した回数は、十回もありませんでした」

「え？　貴族なの？　貴族の娘なのに何で働いているの？」

「……ええとですね、そもそも貴族令嬢が働かないという考え自体が間違っています。王宮で下働きをしている方達は庶民ですが、それ以外のほとんどの方が私のような低位貴族の娘です」

「ていい貴族って、何？」

「そこからですか……」

使用人は何も知らないだろうアンジェラにも分かりやすいようにと言葉を選びながら教えていった。

「まず一番の頂点にいらっしゃるのが王家の方々です。次いで公爵家、侯爵家、伯爵家、ここまでが所謂高位貴族と言われる方々です。そして低位貴族は子爵家、男爵家ですが、その下には準男爵家、一代貴族というものもあります」

「貴族って、そんなにたくさん種類があるんだ」

「ええ。ちなみに私も含め、今まであなたを担当していた使用人は全て低位貴族といわれる子爵家や男爵家の令嬢です」

「みんな、令嬢……」

アンジェラの呟きに使用人が頷く。

「そっか……」

ここにきてアンジェラはようやく使用人達の態度に納得がいった。

貴族の令嬢が平民育ちのアンジェラの面倒を見なければならなかったのだから、それは面白くなかっただろう。……だからといってあの態度は許せるものではないけれど。

「低位貴族の令嬢が働いているのは分かったけど、その上……高位貴族の令嬢は？」

「高位貴族の令嬢は私達のように働くわけではありません。けれど低位貴族と高位貴族は同じ貴族であっても別物と言えるほどの差があって、高位貴族になればなるほど、それこそ幼少期から遊ぶ暇もなく厳しいレッスンを受けていらっしゃいます」

「厳しいレッスンって？　たとえばどんな？」

「あらゆるマナーレッスンに始まり、ダンスや歴史、主要国の言語、刺繍やその他諸々です」

「本当に遊ぶ暇がないじゃない！」

使用人は大きく頷いてから続けた。

「貴族令嬢のほとんどが家のために当主から婚約者を決められます。所謂政略結婚というものです。嫁ぐ先が高位貴族だった場合はその家々のルールがあるので、結婚前に嫁ぎ先の家で義母となる方からそれをみっちりと習わなければなりません」

「うわ、面倒くさ！　貴族って、もっとキラキラしてると思ってた」

渋い顔をしているアンジェラのまるで子どものような素直な感想に、使用人は思わず笑みを零した。

「せっかくですからマナーやダンスでも習ってみますか？」

「え？　いいの？」

「とはいえ、まずは女官長に確認をとってからになりますけどね？」

「また確認なの？」

「ええ。マナーレッスンにしてもダンスレッスンにしても、講師の先生を手配しなくてはいけませんから」

「あなたが教えてくれるんじゃないの？」

アンジェラの言葉に使用人は一瞬キョトンとした顔を見せた後、

「専門の方に習うのが一番の近道だと思いますよ？　もし許可が出なかった場合は私がお教えしますね」

　ニッコリと笑った。

「もっと背筋を伸ばして！　頭は後ろ、胸は反らせて！　はい、もう一度」

「ひぃぃぃぃ」

「一、二、三。一、二、三。膝緩める、膝伸ばす。頭は後ろ。下見ない！」

女官長の許可が下り、初めてのダンスレッスン中のアンジェラだったが、担当してくれる講師の女性は思いの他スパルタな人だったらしい。

始めてまだ三十分ほどであったが、アンジェラは半泣きの状態で懇願の言葉を紡いだ。

「も、無理無理無理無理！　お願い、ちょっと、休ませて……」

「何です？　情けない。十に満たない令嬢でももっと真剣に習っておりますよ」

呆れたようにそう言いつつも、渋々ながら休憩時間にしてくれた。

よろよろと部屋の端に置かれているソファーに向かいドサッと倒れ込むようにして座ったアンジェラに、使用人からタオルと冷たい飲み物を差し出される。

「……ありがとう」

お礼の言葉を言ってそれらを受け取り、ふと思う。自分は王宮に来てから使用人達にありがとうの言葉を口にしたことがあっただろうか、と。

あまりよく覚えてはいないけれど、今初めて口にしたような気がしないでもない。

そう考えると今までの使用人達に対して思うことはあるけれど、アンジェラのお世話をしてくれていたのは事実であるし、それに対してお礼の言葉一つも返すことがなかった自分も大概では？

疲れ切った体に冷たい飲み物がジワリと染み込んでいくような感覚と共に、そんな風に思った。

その後も厳しいレッスンは続き、ダンスの練習場からようやく客間に戻ってきたアンジエラは勢いよくベッドへ飛び込んだ。

「う～、足痛い、腰痛い、腕が上がらない……」

重たいドレスを着てダンスを踊るのがこんなに大変なことだったなんて……。

村の収穫祭の踊りに毛が生えたようなものだろうくらいにしか思っていなかったのに。

そんなアンジエラに使用人が、

「湿布、貼りましょうか？」

と聞いてくる。

「ううう、お願い……」

湿布を貼ってもらい、少し楽になったかなと思い始めた頃、コンコンと扉をノックする音が聞こえた
どうやら今度はマナーの講師がやってきたらしい。

想像以上に疲れ切っている今、正直言ってお帰り頂きたいところではあるが、自分からお願いした手前それは無理というものだろう。

それにそんなことを言ったら、初めて自分の話を聞いて色々と教えてくれた使用人に迷惑を掛けてしまう。

アンジエラは疲れた体に鞭打って、ベッドから下りた。

そして、マナーのレッスンがダンスレッスン以上に過酷だということを、この後身をもって知ることになるのだ。

「どちらの足でも結構です。片足を斜め後ろに引いてこのように背筋を伸ばしたまま、体を真っすぐ下に落とすイメージで膝をこれくらいまで曲げます。これがカーテシーという目上の者に対しての挨拶です。はい、やってみて」

「えっと、こう?」

「違います!　ちゃんと見ていましたか?　背筋は伸ばしたまま、こうです!」

「こう?」

「真っすぐ下に落とすイメージでと言ったでしょう?　前傾になっているではないですか。もっと胸を張って!」

「こ、こう?」

「少し良くなりましたがもう少し深く膝を曲げて」

「ひぃぃぃぃ」

リアルな悲鳴と共に、湿布まみれの足が悲鳴を上げている。

「お姫様や令嬢って、皆こんなに大変なことをしてるの?」

「何を仰っているのやら。こんなのはほんの序の口です。小さな子どものうちから言葉遣いや美しく見える仕草など、ありとあらゆることを学んでいくのです。貴族や王族は常に多くの人の目に晒されています。意識せずとも美しい所作ができるように、皆たゆまぬ努力をされているのです」

マナー講師の言葉にアンジェラは頬を引きつらせた。

（こんな、こんなの。私が思い描いていたのと違うっ！）

その後、食事の時間もマナー講師によって厳しい指導が入り、美味しいはずの食事の味も全く分からない状態で、ようやく食事を終えた頃にはホッとして瞳に安堵の涙が膜を張っていたのだった。

第6章　平穏な日常へ

「ギルバート・クラリス、ただいま戻りました」

かなり急いで戻ってきただろうことが分かるほどに、今のギルバートは薄っすらと髭が伸びてヨレヨレの格好をしている。それが一分一秒でも早く若くて可愛らしい妻の元へ戻るためであることを知っているウィリアムは、やれやれといった風に力なく笑った。

「ご苦労だったな。サッサと帰りたいだろうから、早速報告を頼む」

ウィリアムの正面のソファーに疲れたように腰掛けると、ギルバートは早口で語りだした。

「結果から言えば、あの女性は王族ではない。出身地を偽っていたせいで無駄に時間が掛かってしまったが……」

ギルバートは苦々しく顔を歪めてチッと舌打ちする。

何となく気持ちが分かるために、ウィリアムはそれを見なかったことにした。

「クレリット村の出身で、本当の名前はアン。両親は共に健在で、養護施設にいたという事実もなかった。母親が言うには彼女が子どもの頃にあの小箱を見せ『先代王妃様の侍女をしていたアンの祖母が結婚して王宮を去る際、世話になった礼と幸せを祈って贈られたもの』だと伝えたらしい。だが元々思い込みの激しい性格だったらしく、今回のこともその悪い病気が出たのではないかとも言っていた。昔からお姫様願望が強かったそうだ」

ギルバートの報告にウィリアムは安堵の息を漏らした。

（アンが王族でないことは分かった。後は王族を騙った彼女をどう裁くかだが……）

そこへいつものようにノックをせずにガチャリと扉を開けてダニエルが入ってきた。

ヨレヨレ姿のギルバートに一瞬驚いた顔を見せるも、すぐにニカッと笑ってテーブルの上に一枚の紙を乗せる。

「今日から一カ月の長期休暇申請の許可が下りたぞ」

受理された申請書を前にして、ギルバートの渋面が一気に笑顔に変わる。

普段なかなか見られない彼の本当の笑顔に、ウィリアムはクスリと笑って言った。

「約束通り、シンドーラハウスもその間使用出来るよう手配済みだ。ちなみに川沿いの花は今がちょうど見頃らしいぞ」

「感謝する！　他に質問がなければ帰る」

ギルバートはスチャッと立ち上がると、あっという間に部屋を出ていった。

「変われば変わるものだよなぁ。あのギルバート殿が……」

ダニエルは扉に視線を向けたまま、感慨深そうに呟く。

「父上にこの件を伝えてくるとしよう」

ウィリアムがソファーから立ち上がったタイミングで扉をノックする音がした。

ギルバートが忘れ物でもしたのかと思ったが、どうやら違ったらしい。

「面会の要請？」

女官長から伝えられたのは、アンジェラからの面会要請だった。

「はい。どうしてもお話ししたいことがあると……」

ウィリアムは顎に手を当ててフムと考える。

「ちょうどこれから国王陛下の元に向かう予定だったからな。その件も話してくるとしよう」

「よろしくお願い致します」

頭を下げる女官長の横を通り、ウィリアムは国王陛下がいるであろう執務室へと足を運んだ。

アンジェラの罪が明確になったこともあり、罰を下す意味でもちょうどいいと、アンジェラの面会にはリリアーナを含む王族総出で参加した。

リリアーナ以外の皆がアンジェラを目にしたのは、結婚式に乱入した時だけである。

使用人達の噂を聞く限り、あまり良い印象は抱けないであろう女性。

どんな不遜な態度でやってくるのかと件の女性が来るのを待っていると、扉をノックする音が室内に響いた。

「アンジェラを連れて参りました」

「入れ」

国王陛下の了承を受けて扉が開くと同時にアンジェラが室内へ飛び込み、突然勢いよく土下座を披露した。

「ごめんなさい！　もう王族とかどうでもいいです。私には絶対に無理です。お願いします、私を村に帰してください！」

何事かと王族一同が固まっている。

「お願いします、お願いします！」

アンジェラの必死な様子に、室内にいる全員が困惑の表情を浮かべた。

「とりあえず話を聞きたい。頭を上げてそこに座りなさい」

国王陛下の言葉にアンジェラは恐る恐る顔を上げる。

そして王族の中にいるリリアーナを目にして、

「あなたは……」

そう呟くと顔を青くさせた。

どこかの貴族のお嬢様だと思っていた相手が王族の一員だったのだ。

いや、貴族のお嬢様に対してでもあり得ないことをしでかしたのだが、貴族の令嬢相手と王族相手では罪の重さが違う。

何も知らなかった時とは違い、多少なりとも使用人から学んだ今のアンジェラには、自分がどれだけ罪深いことをしでかしたかの自覚があった。

「あの、先日はお庭で大変失礼しました！　謝って済むことじゃないけど、本当にごめんなさい！」

せっかく上げた頭をまた地面に擦りつけて土下座するアンジェラに、リリアーナは困ったようにウィリアムへチラリと視線を向けた。

リリアーナの視線にすぐに気付いたウィリアムは、

「リリアーナが思ったことをそのまま伝えればいい」

そう言って膝の上に置かれているリリアーナの手に自らの手を重ねた。

リリアーナは大きく深呼吸を繰り返すと、アンジェラに話し掛ける。

「お茶会の時の件についてはこちらも毛玉が失礼していますから、お互い様ということにしませんか？」

「え？」

アンジェラは驚いて思わず顔を上げてしまう。

お互い様などと言われるなんて思わなかったし、何よりも。

「毛玉？」

アンジェラの疑問の声にリリアーナ以外、皆遠い目をしていた。

「白い子犬のことですわ。毛玉という名前ですの」

「……はあ」

何と返事をしたらよいのか分からないといった顔のアンジェラに、ウィリアムが席に着くように声を掛けた。アンジェラはそれに頷いて指定された席に腰掛ける。

ここまでのアンジェラの様子を見ている限り、話に聞いていたようなどうしようもなくわがままで身勝手なお花畑女性には思えないと、ここにいる王族全員が感じていた。

一体アンジェラに何があったというのか……？

戸惑いつつもウィリアムがこれまでの調査結果を告げると。

なぜか嬉しそうな顔をしているアンジェラに、王族全員が更に困惑していた。

「あの小箱を見せられた時、あまりにも綺麗だったから母の話はほとんど耳に入ってなかったんです。だから高貴な方から頂いたってことしか覚えていなくて。私がちゃんと話を聞いていれば、あんなくだらない妄想なんかしなくて済んだのに……」

無知で妄想癖の強かったアンジェラは、王宮に来て色々なことを経験したことによって、現実を見られるように成長した。

本来であれば王族を騙った者は極刑に処されるところではあるのだが……。

国家転覆を企てるなどといったものではなく一少女の憧れから起こった騒動だとして、本人の深い反省もあり、生涯王都への出入りを禁じると共に、村へ戻ることで場は収まったのだった。

奥庭にある白い小さな四阿には今日も色とりどりの小花が咲き誇り、まるでここだけ時間の概念を切り取ってしまったかのよう。

静かで穏やかな風が、時折肌を撫ぜるように抜けていく。

ウィリアムとリリアーナは久しぶりにお気に入りの場所で、二人だけの時間を過ごしていた。

「本当にあれで良かったのか？」

ウィリアムは、少しだけ面白くなさそうな顔で言った。

「小箱は処分したし、彼女は昨日両親のいる村へと向かった。王都への出入り禁止なんて罰のうちに入らない。結婚式に乱入され、新婚旅行を延期させられ、お茶会を急襲され……。一番の被害者であるリリーがそれでいいと言うからそのようにしたが、本来であれば極刑もやむなしなのだがな」

一番の被害者はリリアーナであるが、二番目の被害者であるウィリアムは初夜を台無しにされ、新婚旅行も延期されたことをとても根に持っていた。

リリアーナの希望を叶えてやりたいと思いつつ、アンジェラに対する怒りがいまだくすぶっているため、ついつい愚痴を零してしまうのだ。

とはいえ、王都への出入り禁止措置は領主に伝えられている。

領主から村長へ伝わり、そのうち村人達へも伝わることだろう。王族を騙った罪は重い。罪人となってしまった彼女に、今までのような生活は難しいだろう。

憧れの代償はとんでもなく重かったとしか言いようがない。

「これは私のわがままですわ。ウィルとの結婚を血生臭い思い出にはしたくありませんでしたの。王族の一員として時には非情であらねばならないことも理解しておりますが、今回は彼女も反省されていましたから……」

困ったように見上げてくるリリアーナにウィリアムが言える言葉は一つ。

「分かった」

延期となっていた新婚旅行も三日後の出発が決まっている。

過ぎたことよりもこれからどう楽しむかを考えた方が、有意義な時間となるだろう。

だがやはり気になるのは……。

「そういえば、彼女が急に変わった原因は何だったんだ？」

「彼女は王宮に来てからずっと客間内で留め置かれておりましたから、暇を持て余していたらしくて。面会要請を出す二日ほど前に、使用人からダンスやマナーレッスンを勧められて体験した結果、『想像していたのと違う』となったらしいですわ。私達のように子どもの頃から習っていれば普通に出来ることも、今から習うとなると相当大変な思いをすることになるでしょう。水面下の白鳥のようなものですから」

「水面下の？　白鳥？」

「ええ。白鳥は水面を優雅に泳いでおりますが、水面下では足を必死に動かしていますのよ？」

美しく優雅に見える仕草の裏には、血の滲むような努力が隠されている。

「表面上に見えることだけが全てではありませんわ」

そう言ってリリアーナは「うふふ」と笑うと、テーブルの上のスイーツ達に目を向けた。

一通り眺めてからある一点で視線が固定される。

「これは何かしら？」

薄いクッキーの間にスポンジのような分厚いものがサンドされている。

初めて目にするスイーツである。

「そちらは（王宮の）パティシエ達の新作で、チーズケーキをクッキーでサンドした自信作だそうです」

少し冷たくなったハーブティーを淹れ直しながらモリーが答える。

「まあ、自信作の新作！」

新作と聞けば食べないわけにはいかない。しかも自信作と目を光らせるリリアーナの前に、小さくクスッと笑いながらモリーはお皿に乗せたそれを置いた。

「さすが自信作と言うだけありますわ。とっても濃厚でほどよく酸味がきいていて、それでいて後味は爽やかで。サクサクとしたクッキーが濃厚なチーズケーキとよく合っていて、本当に美味しいですわ！」

片手を頬に当てて両目を瞑り、ニコニコと味わって食す姿は何とも可愛らしい。

ウィリアムやモリーだけでなく、少し離れた位置にいる護衛達もそんなリリアーナの姿に癒されるのだった。

「そうか。であれば私も一口もらおうかな」

ウィリアムの言葉にリリアーナは瞳をパチリと開くと、モリーへ指示を出した。

「ではモリー、ウィルに同じものを……」

「いや、リリーから一口もらうだけでいい」

「へ？」

ウィリアムがニヤリと笑う。

これは「あーん」をしろと言っているのだと気付いたリリアーナは、顔を真っ赤にしてお皿に乗っている残りを目にもとまらぬ速さで全て口の中に収めた。

そしてモグモグと咀嚼を終えると『どうだ』と言わんばかりにささやかな胸を張って言った。

「これではウィルに一口差し上げることは出来ませんわね。モリー、ウィルに同じものをお願いね」

リリアーナのドヤ顔に、ウィリアムとモリーとケヴィンがたまらずといったように噴き出す。

「まあ、何ですか、皆して」

面白くなさそうに頬をむぅと膨らませたリリアーナにウィリアムは笑いすぎて涙目になりながらも、慌ててダニエルの話を始めた。

「そうだ、ついにダニーがゴードン邸に挨拶に行くことになったぞ」

その言葉にモリーは『ほぅ』といった顔をし、ケヴィンは何やら面白いおもちゃでも見つけたような顔をし、リリアーナは想像通りに前のめりになって聞いてくる。

「いつ、いつですの？　それは」

「五日後だと言っていたな」

「五日後……。ようやくクロエの本当の笑顔が見られるようになりますわ」

　リリアーナはまるで自分のことのように喜び大はしゃぎである。

「そういえば、マッチョは赤い薔薇の手配はされてますの？　何本の薔薇にするおつもりですの？」

「え？　いや、そこまでは……」

「まあ、大事なことですわ！　私も本数でみる薔薇の花言葉を調べてみましたの。二人だけの時ならば三本の『愛しています』や四本の『死ぬまで気持ちは変わりません』というのも良いと思いますが、ご両親も目にするとなると少しボリュームがあった方がいいと思いますわ。十一本の『最愛』や二十一本の『あなただけに尽くします』も素敵ですわね」

　何かのスイッチが入ったかのように饒舌に語りだすリリアーナを、誰も止められない。

「九十九本の『永遠の愛、ずっと好きだった』や百一本の『これ以上ないほどに愛しています』も素敵ですし、百八本の『結婚してください』というのもストレートなところがまた良いですわ。とはいえ重そうですが、ダニマッチョなら持てるのかしら？　でも九百九十九本の『何度生まれ変わってもあなたを愛する』は意味としては素敵ですが、実際贈られたら多すぎてただの嫌がらせになりそうですわね」

　リリアーナは部屋中に置かれた大量の薔薇を想像して顔を顰めた。

　この調子だとアドバイスと称してダニエルに突撃しそうだと、ウィリアムは慌てる。

「リリー、ダニー達のことは後でゆっくり本人達の口から聞いた方が楽しいのではないか？」

「それもそうですわね」

意外にもすぐに納得してくれたようで、ウィリアムはホッと胸を撫で下ろした。

ただでさえ緊張しているダニエルに、これ以上のプレッシャーを与えるのは気の毒というものだ。

「クーの幸せそうな顔が目に浮かびますわ」

友人の幸せをまるで自分のことのように心から喜ぶリリアーナの姿に、ウィリアムは改めて彼女と結婚出来たことを心から感謝した。

「リリーに出会えたことは、私の人生の中で一番の幸運だと思っている。リリーのいない時をどうやって過ごしてきたのか思い出せないし、この先もリリーがいない人生など考えられないし、考えたくもない」

「ウィル……。私も、ウィルのいない人生など、考えたくはありませんわ」

二人はどちらからともなく自然と額を合わせると、嬉しそうに笑い合った。

ＦＩＮ

番外編　その後のアンジェラ

生まれた時から可愛いと言われ続けていたアン。

彼女の両親は健在であり、特別裕福ではないけれど、長閑な田舎町でのびのびと純朴に育つはずだった。

——一体何が彼女をそうさせてしまったのか。

彼女の心の中は常に渇ききっていた。

心が満たされることがなく、心の渇きを潤してくれる何かを探し求めていた。

そしてある時、アンは気付いてしまった。

異性にちやほやされるアンを羨み、嫉妬の視線を向けてくる少女達。

その視線を向けられている間は、何だか心が少しだけ潤ったような気がした。

けれども歳を重ね、少女から女性へと変わり、羨みや嫉妬の視線はいつの間にか蔑むようなものへと変化していった。

——可哀想な嫁ぎ遅れのアン、と。

そうして常に渇ききった心に、自分でもどうしようもない苛立ちを抱えるようになった。

王都で王家の一員を騙ったとして生涯王都に出入り出来ないという罰が下り、村に戻ってきたアンに向けられた視線はとても冷たかった。

働こうにも以前働いていた村で唯一の宿屋兼食堂にはもう新しい働き手がいるし、アンが何も言わずに急に姿を消したために、食堂は人手が足りずにしばらくの間はかなり大変だったらしい。そんな迷惑を被った彼らがもし人手が足りなかったとしても、アンを再び雇うはずもない。

次第にアンは家に引きこもるようになった。

どれくらい引きこもっていたのか、ある日家にアンを訪ねてきた者がいた。

「誰にも会いたくない」

アンの言葉を両親はそのまま伝えた。

だが次の日も、また次の日もその者はやってきた。

「すみません。今日もアンは誰にも会いたくないと……」

申し訳なさそうに言う両親に、その者は二カ月後にまた来ますと言って村を出ていった。

両親もアンもきっともう来ないだろうと思っていたけれど、その者は二カ月後にまたやってきた。

「会いたくない」

アンの言葉を告げる両親に頷きながらも、次の日も、また次の日もやってくる。

そうしてまた「二カ月後に来ます」と言って村を出ていった。

——そんなやり取りを、もう何度繰り返しただろう。

何度会いたくないと言ってもしつこく訪ねてくるその誰かに、いい加減イライラも限界だと文句を言うためにアンが顔を出すと、

「え？　ノード、さん？」

目の前に立っていたのは、行商人のノードだった。

いつもいつも、村へ寄る度に何かしらのお土産を持ってきてくれた人。

自分に気があることには気付いていながらも、好みのタイプじゃないからと適当にあしらっていた人。

その彼がなぜ？

「やっと、アンちゃんに会えた」

ノードはそう言って嬉しそうに笑ったが、その笑顔になぜだか無性に腹が立った。

「何しに来たのよ」

「アンちゃんの元気な顔が見たかったんだ」

「ふうん。バカな犯罪者の顔が見られて満足？　それとも皆と同じように、あなたも私が処刑されたらよかったと思……」

その続きはノードに強く抱き締められたために紡げなかった。

「ダメだ！　アンちゃんがいなくなるなんて、許さない。アンちゃんがいないと、俺はどうしていいか分からないし、寂しい……」

ノードの胸に顔を押し付けられるようにして抱き締められているため、彼がどんな表情をしているのかは見えないが、何だかその声は泣きそうに聞こえた。

——この人は、心の底からアンを求めてくれている……。

彼こそが下心なく無償の愛を注いでくれる存在だと気付いた時、アンの渇いた心が初めて満たされるのを感じた。

荒んだ心が彼によって浄化されていくような、そんな安らぎを覚えた。

ああ、私の心が求めていたのはこれだったのか。

なぜもっと早く気付くことが出来なかったのだろう？

そうしたら、未来はもっと違うものだったかもしれないのに。

涙を流すアンに、ノードが小さな箱を差し出した。

「これは……？」

「開けてみて」

ノードに言われてパカッと開ければ、中には大小二つのシンプルな指輪が鎮座していた。

「こ、これ……」

まさか、そんなはずはない。

ノードは行商人であり、罪人のアンを娶るなどデメリットしかない。

「今までコツコツ働いて貯めた金がある。裕福な生活はさせてやれねぇけど、アンちゃんと一緒にこの村で一生を終えたいと思っている。俺の嫁に来てくれねぇか？」

アンのために行商人をやめてこの村に定住すると言うノードは本気だ。

次第にアンの視界が歪んでいく。

「わ、私は、罪人で。村一番の、嫌われ者で。私なんかと、一緒にいたら、ノードさんも、嫌われちゃう、よ？」

震える声で、一生懸命やめた方がいいと言っているのに。

「俺は誰に嫌われてもいいけど、アンちゃんにだけは嫌われたくねぇんだ」

そう言ってニカッと笑うから、もう我慢が出来なくなって、床に蹲ってわんわん声を上げて泣いてしまった。

奥から見守っていた両親がいつの間にか側に来ていて、お父さんが嬉しそうな、でもかすれた声でノードに「ありがとう、ありがとう」って言っているのが聞こえた。

私の背中を優しい手つきで撫でてくれているのは、きっとお母さん。

……何よ、私はこんなに愛されていたじゃない。

求めていたものはこんなにも近くにあったのに、本当に、どうして気付けなかったんだろう。私はどうしようもない大バカだ。

回り道というより、立ち入り禁止の道に勝手に入り込んだ私が、ようやく正しい道を見つけた、そんな気持ち。

何より大切なものは手に入れた。

絵本のようなキラキラした王子様じゃないけれど、誰よりも素敵(すてき)な私だけの王子様。

もう妄想(もうそう)なんてしなくても、私の幸せはここにある。

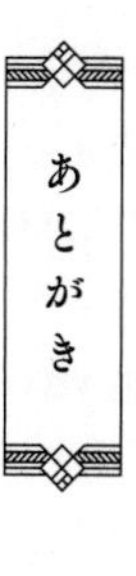

あとがき

こんにちは、翡翠と申します。

このたびは『小動物系令嬢は氷の王子に溺愛される』六巻をお手に取って頂き、ありがとうございます。

今巻、ついにウィリアムとリリアーナが結婚式を挙げました～！

指輪交換でリリアーナの指が浮腫んで入らなかった件ですが、コレ、私の実体験だったりします（笑）。

思えば挙式当日の出だしからやらかしました。

寝坊して朝食を食べられないどころか、歯磨きして顔を洗って着替える時間くらいしかなく、慌てて式場に向かう私。

小さなトラブルはあれど、何とか無事披露宴を終えました。

後は業者にお願いしていた結婚式のアルバムを待つばかり♪

が、後日届いたのは美しくファイリングされた、『セピアなほぼ食べてる花嫁』のアルバム。

憧れのセピアな花嫁写真と、何かが違う。これじゃない感が半端ない。

っていうか、食べている写真をセピアにする意味――（笑）。

まともな写真もあったのだから、そっちをセピアにしてほしかった……。

結婚式に来てくれた友人にその話をすると、「そりゃ、あんなに食べてる花嫁初めて見たし」と爆笑されました。

いえいえ、完食していないからそんなに食べていないはず！


いつも素敵なイラストを描いてくださる亜尾あぐ様、ありがとうございます！

今作も無事に書き上げることが出来ましたのは、担当者様や翡翠の周りの皆様のお陰です。ありがとうございました。

最後に、お読み頂きました皆様に感謝を込めて。

少しでもほっこり楽しんで頂けたなら、幸いです。

それではまたお目にかかれますように……。

翡翠

■ご意見、ご感想をお寄せください。
《ファンレターの宛先》
〒102-8177 東京都千代田区富士見 2-13-3
株式会社KADOKAWA ビーズログ文庫編集部
翡翠 先生・亜尾あぐ 先生

B's-LOG BUNKO
ビーズログ文庫

●お問い合わせ
https://www.kadokawa.co.jp/（「お問い合わせ」へお進みください）
※内容によっては、お答えできない場合があります。
※サポートは日本国内のみとさせていただきます。
※Japanese text only

小動物系令嬢は氷の王子に溺愛される 6

翡翠

2023年 4 月15日 初版発行

発行者	山下直久
発行	株式会社 KADOKAWA 〒102-8177 東京都千代田区富士見 2-13-3 （ナビダイヤル）0570-002-301
デザイン	Catany design
印刷所	凸版印刷株式会社
製本所	凸版印刷株式会社

ISBN978-4-04-737428-7 C0193

定価はカバーに表示してあります。
◇◇◇